瑞蘭國際

瑞蘭國際

必考！

新日檢N5

全科擬真試題＋完全解析

本間岐理　著

前書き

　この模擬試験の本では、今まで実施された「新日本語能力試験」5級の形式や問題内容を細かく分析し、提出頻度が高いと思われる問題を選出し、最近の傾向に合わせて問題が作られています。

　後ろには解答だけではなく、詳しい解説も加えておりますので、誰かに質問する手間もかからず、一人で進めていけると思います。試験では同じような問題が繰り返し出されることが多いので、この本の模擬試験を何度も挑戦し、間違えた問題は次には二度と間違えないように、解説を読んでしっかり理解しましょう。間違えなかった問題も、選択問題のため、偶然当たっていたということもあり得るので、解説は目を通し、確実に理解できていたか確認した方がいいでしょう。

　この本を大いに活用して、N5合格を目指して頑張ってください。

　最後にこの本の出版にあたり、忙しい中翻訳を助けてくださった方々、及び多くのアドバイスと支持をしてくださった瑞蘭出版社の皆様に感謝いたします。

本間岐理

作者的話

　　這本模擬試題書，乃依據截至目前為止所實施的「新日本語能力測驗」N5的題型和試題內容，加以詳細分析，選出出題頻率高的題目，並配合最近的趨勢，所寫出來的問題集。

　　之後不光只有解答，還加上詳細解說，所以我覺得是一本不需要費工夫去問別人，自己就能夠學習的書。由於考試經常都是重覆出相同的題目，所以請多次挑戰本書中的模擬試題，答錯的題目下次再做時不再出錯，然後閱讀解說，並確實理解吧！而沒有答錯的題目，因為是選擇題，所以也有可能是偶然猜對，因此解說部分還是過目一下，確認自己是不是真的理解比較好。

　　請充分活用這本書，以通過N5為目標，好好加油。

　　最後，此書的出版，感謝百忙之中協助翻譯的諸位，以及給予許多建議和支持的瑞蘭出版社的大家。

本間岐理

（中文翻譯：王愿琦）

戰勝新日檢，掌握日語關鍵能力

元氣日語編輯小組

　　日本語能力測驗（日本語能力試験）是由「日本國際教育支援協會」及「日本國際交流基金會」，在日本及世界各地為日語學習者測試其日語能力的測驗。自1984年開辦，迄今超過30多年，每年報考人數節節升高，是世界上規模最大、也最具公信力的日語考試。

新日檢是什麼？

　　近年來，除了一般學習日語的學生之外，更有許多社會人士，為了在日本生活、就業、工作晉升等各種不同理由，參加日本語能力測驗。同時，日本語能力測驗實行30多年來，語言教育學、測驗理論等的變遷，漸有改革提案及建言。在許多專家的縝密研擬之下，自2010年起實施新制日本語能力測驗（以下簡稱新日檢），滿足各層面的日語檢定需求。

　　除了日語相關知識之外，新日檢更重視「活用日語」的能力，因此特別在題目中加重溝通能力的測驗。目前執行的新日檢為5級制（N1、N2、N3、N4、N5），新制的「N」除了代表「日語（Nihongo）」，也代表「新（New）」。

新日檢N5的考試科目有什麼？

新日檢N5的考試科目，分為「言語知識（文字‧語彙）」、「言語知識（文法）‧讀解」與「聽解」三科考試，計分則為「言語知識（文字‧語彙‧文法）‧讀解」120分，「聽解」60分，總分180分，並設立各科基本分數標準，也就是總分須通過合格分數（＝通過標準）之外，各科也須達到一定成績（＝通過門檻），如果總分達到合格分數，但有一科成績未達到通過門檻，亦不算是合格。總分通過標準及各分科成績通過門檻請見下表。

N5總分通過標準及各分科成績通過門檻			
總分通過標準	得分範圍	0~180	
	通過標準	80	
分科成績通過門檻	言語知識（文字‧語彙‧文法）‧讀解	得分範圍	0~120
		通過門檻	38
	聽解	得分範圍	0~60
		通過門檻	19

從上表得知，考生必須總分超過80分，同時「言語知識（文字‧語彙‧文法）‧讀解」不得低於38分、「聽解」不得低於19分，方能取得N5合格證書。

另外，根據新發表的內容，新日檢N5合格的目標，是希望考生能完全理解基礎日語。

新日檢程度標準		
新日檢N5	閱讀（讀解）	‧理解日常生活中以平假名、片假名或是漢字等書寫的語句或文章。
	聽力（聽解）	‧在教室、身邊環境等日常生活中會遇到的場合下，透過慢速、簡短的對話，即能聽取必要的資訊。

新日檢N5的考題有什麼？

要準備新日檢N5考生不能只靠死記硬背，而必須整體提升日文應用能力。考試內容整理如下表所示：

考試科目（時間）			題型		
			大題	內容	題數
言語知識（文字・語彙）（考試時間25分鐘）	文字・語彙	1	漢字讀音	選擇漢字的讀音	12
		2	表記	選擇適當的漢字	8
		3	文脈規定	根據句子選擇正確的單字意思	10
		4	近義詞	選擇與題目意思最接近的單字	5
言語知識（文法）・讀解（考試時間50分鐘）	文法	1	文法1（判斷文法形式）	選擇正確句型	16
		2	文法2（組合文句）	句子重組（排序）	5
		3	文章文法	文章中的填空（克漏字），根據文脈，選出適當的語彙或句型	5
	讀解	4	內容理解（短文）	閱讀題目（包含學習、生活、工作等各式話題，約80字的文章），測驗是否理解其內容	3
		5	內容理解（中文）	閱讀題目（日常話題、場合等題材，約250字的文章），測驗是否理解其因果關係或關鍵字	2
		6	資訊檢索	閱讀題目（廣告、傳單等，約250字），測驗是否能找出必要的資訊	1

考試科目（時間）	題型			
		大題	內容	題數
聽解（考試時間30分鐘）	1	課題理解	聽取具體的資訊，選擇適當的答案，測驗是否理解接下來該做的動作	7
	2	重點理解	先提示問題，再聽取內容並選擇正確的答案，測驗是否能掌握對話的重點	6
	3	說話表現	邊看圖邊聽說明，選擇適當的話語	5
	4	即時應答	聽取單方提問或會話，選擇適當的回答	6

其他關於新日檢的各項改革資訊，可逕查閱「日本語能力試驗」官方網站http://www.jlpt.jp/。

台灣地區新日檢相關考試訊息

測驗日期：每年七月及十二月第一個星期日

測驗級數及時間：N1、N2在下午舉行；N3、N4、N5在上午舉行

測驗地點：台北、桃園、台中、高雄

報名時間：第一回約於四月初，第二回約於九月初

實施機構：財團法人語言訓練測驗中心

　　　　　（02）2365-5050

　　　　　http://www.lttc.ntu.edu.tw/JLPT.htm

如何使用本書

全科擬真試題

言語知識（文字・語彙） 25分鐘

もんだいようし

N5

げんごちしき (もじ・ごい)

（25分）

注　意
Notes

1. 「始め」の合図があるまで、この問題用紙を開けないでください。
   Do not open this question booklet before the test begins.
2. この問題用紙を持ち帰ることはできません。
   Do not take this question booklet with you after the test.
3. 受験番号と名前を下の欄に、受験票と同じようにはっきりと書いてください。
   Write your registration number and name clearly in each box below as written on your test voucher.
4. この問題用紙は、全部で5ページあります。
   This question booklet has 5 pages.
5. 問題には解答番号の①、②、③…が付いています。解答は、解答用紙にある同じ番号の解答欄にマークしてください。
   One of the row numbers①、②、③…is given for each question. Mark your answer in the same row of the answersheet.

| 受験番号 Examinee Registration Number | |
| 名前　Name | |

擬真試題依據「日本國際教育支援協會」及「日本國際交流基金會」公布範圍與題型，並參考考題趨勢，以出題頻率高的文字、語彙來撰寫題目，題題高命中！測驗時請模擬正式考試時的答題時間，並使用隨書附的答題紙測驗應考實力。完全模擬完三回測驗，正式考試時答題保證無往不利。

① 言語知識（文字・語彙）

もんだい1

＿＿の ことばは ひらがなで どう かきますか。1・2・3・4から いちばん いい ものを ひとつ えらんで ください。

1 この ビルの 北に えきが あります。
　1 みなみ　　2 ひがし　　3 にし　　4 きた

2 いま 八千えんしか ありません。
　1 はちせん　2 はっせん　3 はせん　　4 はっせ

3 としょかんの 隣は びょういんです。
　1 となり　　2 ひだり　　3 むかい　　4 うしろ

4 毎年 にほんから ともだちが きます。
　1 まいにち　2 めいねん　3 まいとし　4 まいげつ

5 にちようび 山へ いきます。
　1 うみ　　　2 かわ　　　3 まち　　　4 やま

6 きょうは 九日です。
　1 ここのか　2 きゅうか　3 きゅうにち　4 くにち

7 いぬが 3匹 います。
　1 ひき　　　2 ひぎ　　　3 びき　　　4 ぴき

19

言語知識（文法）‧讀解 50分鐘

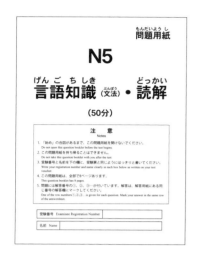
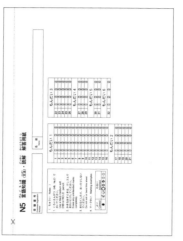

擬真試題依據「日本國際教育支援協會」及「日本國際交流基金會」公布範圍與題型，並參考考題趨勢，以出題頻率高的文法來撰寫題目以及讀解考試內容，題題精準！只要確實掌握測驗後不熟悉的文法，反覆練習，考試必能得高分！

聽解 30分鐘

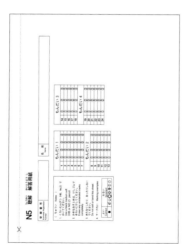

擬真試題依據「日本國際教育支援協會」及「日本國際交流基金會」公布範圍與題型，並參考考題趨勢，以出題頻率高的關鍵單字、生活會話來撰寫題目，題題必考！搭配模擬正式考試時的音檔速度，提前熟悉，多聽多練習，準備聽解考科就是這麼簡單！

完全解析（解答、原文＋中譯＋解說）

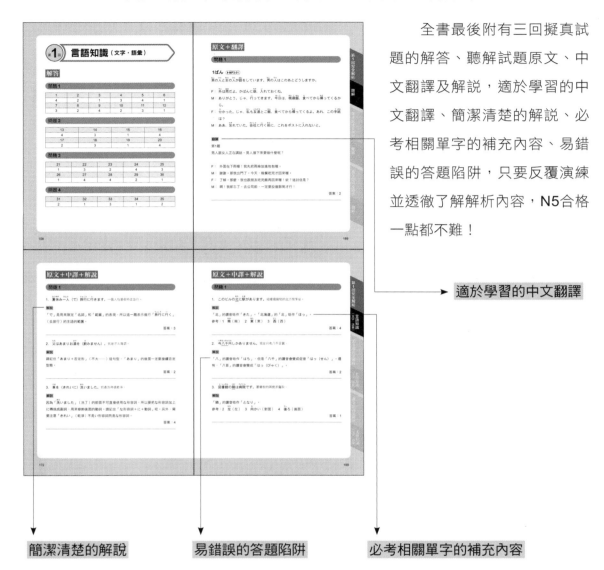

全書最後附有三回擬真試題的解答、聽解試題原文、中文翻譯及解說，適於學習的中文翻譯、簡潔清楚的解說、必考相關單字的補充內容、易錯誤的答題陷阱，只要反覆演練並透徹了解解析內容，N5合格一點都不難！

→ 適於學習的中文翻譯

簡潔清楚的解說　　**易錯誤的答題陷阱**　　**必考相關單字的補充內容**

目次

完全解析（解答、原文＋中譯＋解說）

全科擬真試題
第１回

N5

げんごちしき（もじ・ごい）

（25分）

注　意
Notes

1. 「始め」の合図があるまで、この問題用紙を開けないでください。
   Do not open this question booklet before the test begins.

2. この問題用紙を持ち帰ることはできません。
   Do not take this question booklet with you after the test.

3. 受験番号と名前を下の欄に、受験票と同じようにはっきりと書いてください。
   Write your registration number and name clearly in each box below as written on your test voucher.

4. この問題用紙は、全部で7ページあります。
   This question booklet has 7 pages.

5. 問題には解答番号の①、②、③…が付いています。解答は、解答用紙にある同じ番号の解答欄にマークしてください。
   One of the row numbers①,②,③…is given for each question. Mark your answer in the same row of the answersheet.

受験番号　Examinee Registration Number	

名前　Name	

N5 げんごちしき (もじ・ごい) かいとうようし

受験番号
Examinee Registration
Number

名前
Name

〈 ちゅうい Notes 〉

1. くろいえんぴつ (HB、No.2) で
かいてください。
Use a black medium soft
(HB or NO.2) pencil.

2. かきなおすときは、けしゴムで
きれいにけしてください。
Erase any unintended marks
completely.

3. きたなくしたり、おったりしない
でください。
Do not soil or bend this sheet.

4. マークれい Marking examples

よい Correct	わるい Incorrect
●	⊗ ⦸ ◯ ◑ ⊘ ⦵ ◯

もんだい 1

1	①	②	③	④
2	①	②	③	④
3	①	②	③	④
4	①	②	③	④
5	①	②	③	④
6	①	②	③	④
7	①	②	③	④
8	①	②	③	④
9	①	②	③	④
10	①	②	③	④
11	①	②	③	④
12	①	②	③	④

もんだい 2

13	①	②	③	④
14	①	②	③	④
15	①	②	③	④
16	①	②	③	④
17	①	②	③	④
18	①	②	③	④
19	①	②	③	④
20	①	②	③	④

もんだい 3

21	①	②	③	④
22	①	②	③	④
23	①	②	③	④
24	①	②	③	④
25	①	②	③	④
26	①	②	③	④
27	①	②	③	④
28	①	②	③	④
29	①	②	③	④
30	①	②	③	④

もんだい 4

31	①	②	③	④
32	①	②	③	④
33	①	②	③	④
34	①	②	③	④
35	①	②	③	④

第1回 **言語知識**（文字・語彙）

もんだい1

_____の　ことばは　ひらがなで　どう　かきますか。1・2・3・4から　いちばん
いい　ものを　ひとつ　えらんで　ください。

---

1 この　ビルの　北に　えきが　あります。
　　1　みなみ　　　2　ひがし　　　3　にし　　　4　きた

2 いま　八千えんしか　ありません。
　　1　はちせん　　2　はっせん　　3　はせん　　4　はっせ

3 としょかんの　隣は　びょういんです。
　　1　となり　　　2　ひだり　　　3　むかい　　　4　うしろ

4 毎年　にほんから　ともだちが　きます。
　　1　まいにち　　2　めいねん　　3　まいとし　　4　まいげつ

5 にちようび　山へ　いきます。
　　1　うみ　　　　2　かわ　　　　3　まち　　　　4　やま

6 きょうは　九日です。
　　1　ここのか　　2　きゅうか　　3　きゅうにち　4　くにち

7 いぬが　3匹　います。
　　1　ひき　　　　2　ひぎ　　　　3　びき　　　　4　ぴき

8 電車で がっこうへ いきます。

1 でんしょ　　2 でんしゃ　　3 でんしゅ　　4 でんしょう

9 辞書を とって ください。

1 じしょう　　2 じしゅ　　3 じじょう　　4 じしょ

10 姉は いま 20さいです。

1 はは　　　　2 あね　　　　3 あに　　　　4 ちち

11 ちょっと 頭が いたいです。

1 あだま　　　2 あたら　　　3 あたま　　　4 あだな

12 わたしの ちちは 教師です。

1 きょうし　　2 せんせい　　3 きょうしつ　4 きょし

もんだい2

_____の ことばは どう かきますか。1・2・3・4から いちばん いい ものを ひとつ えらんで ください。

13 さいきん あめが <u>すくない</u>です。

1 小さい　　　2 火ない　　　3 大ない　　　4 少ない

14 ちちに <u>ねくたい</u>を あげました。

1 ナタクイ　　2 ワクタコ　　3 ネクタイ　　4 ネタクイ

15 あたらしい カレンダーに <u>かえ</u>ました。

1 変　　　　　2 買　　　　　3 貸　　　　　4 借

16 わからない もんだいを せんせいに <u>きき</u>ます。

1 関　　　　　2 闇　　　　　3 間　　　　　4 聞

17 この へやは とても <u>ひろ</u>いです。

1 黒　　　　　2 広　　　　　3 狭　　　　　4 白

18 <u>みち</u>に まよいました。

1 遠　　　　　2 首　　　　　3 道　　　　　4 遼

19 あの <u>おんなの</u> ひとは わたしの ははです。

1 女　　　　　2 委　　　　　3 好　　　　　4 要

20 <u>こっぷ</u>が われました。

1 モップ　　　2 ラッペ　　　3 ユッペ　　　4 コップ

もんだい3

（　　　　）に　なにが　はいりますか。1・2・3・4から　いちばん　いい　ものを
ひとつ　えらんで　ください。

21　（　　　　）　けっこんしたいです。
　　　1　いつか　　　　2　いつ　　　　　3　いつまで　　4　いつが

22　がっこうまで　（　　　　）　いきますか。
　　　1　いかか　　　　2　どんなで　　　3　どうやって　4　なにか

23　この　かばんは　ポケットが　たくさん　あって、（　　　　）です。
　　　1　やすい　　　　2　べんり　　　　3　あんぜん　　4　ふとい

24　ノートを　5（　　　　）　かいました。
　　　1　まい　　　　　2　ほん　　　　　3　だい　　　　4　さつ

25　きのう、ともだちから　（　　　　）　ほんを　かえしました。
　　　1　かした　　　　2　かかる　　　　3　かりた　　　4　かりる

26　ふうとうに　80えんの　きってを　（　　　　）。
　　　1　はります　　　2　きります　　　3　もちます　　4　はいります

27　この　スカートは　とても　（　　　　）です。
　　　1　すくない　　　2　にぎやか　　　3　すずしい　　4　みじかい

28　もう　ゆうがたですから、だんだん　（　　　　）　なりましたね。
　　　1　くろく　　　　2　つらく　　　　3　まずく　　　4　くらく

29 いえの　なかでは　（　　　）を　はいて　ください。

1　サッカー　　2　スリッパ　　3　パソコン　　4　ナイフ

30 この　みちを　（　　　）　いって　ください。

1　まっすぐ　　2　もう　　　　3　だけ　　　　4　きっと

もんだい4

_____の　ぶんと　だいたい　おなじ　いみの　ぶんが　あります。1・2・3・4
から　いちばん　いい　ものを　ひとつ　えらんで　ください。

31 そとは　あかるいです。

　　1　そらは　あかいです。

　　2　もう　あさです。

　　3　でんきが　ついて　います。

　　4　いろが　とても　きれいです。

32 これから　およぎに　いきます。

　　1　いまから　プールへ　いきます。

　　2　それから　ビールを　のみに　いきます。

　　3　これから　スーパーへ　いきます。

　　4　これから　スプーンを　つかいます。

33 けさは　コーヒーしか　のみませんでした。

　　1　きょうの　あさは　コーヒーを　のみませんでした。

　　2　まいあさ　コーヒーを　のんで　います。

　　3　きょうの　あさ　コーヒーだけ　のみました。

　　4　あさ　コーヒーしか　ありませんでした。

34 もうすぐ　はたちに　なります。

　　1　まだ　はたちでは　ありません。

　　2　もう　にじゅっさいに　なりました。

　　3　いま　たんじょうびです。

　　4　いまは　もう　はたちです。

35 しゅくだいが　できました。

1　しゅくだいは　かんたんです。

2　しゅくだいが　おわりました。

3　しゅくだいと　かく　ことが　できました。

4　しゅくだいが　たくさん　ありました。

第1回擬真試題

言語知識（文字・語彙）

第2回擬真試題

言語知識（文字・語彙）

第3回擬真試題

言語知識（文字・語彙）

N5

げんご　ち　しき
言語知識（文法）• 読解
ぶんぽう　　　　　　　　どっかい

（50分）

注　意
Notes

1. 「始め」の合図があるまで、この問題用紙を開けないでください。
   Do not open this question booklet before the test begins.

2. この問題用紙を持ち帰ることはできません。
   Do not take this question booklet with you after the test.

3. 受験番号と名前を下の欄に、受験票と同じようにはっきりと書いてください。
   Write your registration number and name clearly in each box below as written on your test voucher.

4. この問題用紙は、全部で10ページあります。
   This question booklet has 10 pages.

5. 問題には解答番号の①、②、③…が付いています。解答は、解答用紙にある同じ番号の解答欄にマークしてください。
   One of the row numbers①,②,③…is given for each question. Mark your answer in the same row of the answersheet.

受験番号　Examinee Registration Number	

名前　Name	

N5

言語知識（文法）・読解　解答用紙

げんご ちしき（ぶんぽう）・どっかい　かいとうようし

受験番号　Examinee Registration Number

名前　Name

もんだい 1

1	①	②	③	④
2	①	②	③	④
3	①	②	③	④
4	①	②	③	④
5	①	②	③	④
6	①	②	③	④
7	①	②	③	④
8	①	②	③	④
9	①	②	③	④
10	①	②	③	④
11	①	②	③	④
12	①	②	③	④
13	①	②	③	④
14	①	②	③	④
15	①	②	③	④
16	①	②	③	④

もんだい 2

17	①	②	③	④
18	①	②	③	④
19	①	②	③	④
20	①	②	③	④
21	①	②	③	④

もんだい 3

22	①	②	③	④
23	①	②	③	④
24	①	②	③	④
25	①	②	③	④
26	①	②	③	④

もんだい 4

27	①	②	③	④
28	①	②	③	④
29	①	②	③	④

もんだい 5

30	①	②	③	④
31	①	②	③	④

もんだい 6

32	①	②	③	④

第1回 言語知識（文法）・讀解

もんだい1

（　　　）に 何を 入れますか。1・2・3・4から いちばん いい ものを 一つ
えらんで ください。

1 なつやすみ ひとり（　　　） りょこうに いきます。

　　1 へ　　　　　2 か　　　　　3 で　　　　　4 を

2 ちちは あまり おさけを （　　　）。

　　1 のみます　　　　　　　　2 のみません

　　3 のんで ください　　　　4 のまないで ください

3 くるまを （　　　） あらいました。

　　1 きれいだ　　2 きれいく　　3 きれいな　　4 きれいに

4 この ねこは なん（　　　）いう なまえですか。

　　1 で　　　　　2 を　　　　　3 が　　　　　4 と

5 あぶないですから、ここで （　　　） ください。

　　1 あそばない　　　　　　　2 あそばなく

　　3 あそばなくて　　　　　　4 あそばないで

6 じを もうすこし （　　　） かきましょう。

　　1 おおきい　　　　　　　　2 おおきく

　　3 おおきいに　　　　　　　4 おおきくに

7 ドア（　　　）　あきません。

1　が　　　　　2　を　　　　　3　に　　　　　4　へ

8 これは　きょねん　せんせいと　（　　　）　しゃしんです。

1　とる　　　　　2　とって　　　3　とった　　　4　とりた

9 あねの　りょうりは　（　　　）。

1　おいしいじゃ　ないです　　　2　おいしいないです

3　おいしくないです　　　　　　4　おいしいじゃ　ありません

10 へや（　　　）　そうじは　わたしの　しごとです。

1　が　　　　　2　を　　　　　3　の　　　　　4　に

11 かべに　カレンダーが　はって　（　　　）。

1　います　　　2　なります　　3　あります　　4　します

12 いつも　（　　　）　まえに、にっきを　かきます。

1　ねる　　　　　2　ねた　　　　3　ねるの　　　4　ねたの

13 （　　　）　ひとが　おとうさんですか。

1　どれ　　　　　2　どの　　　　3　だれ　　　　4　どう

14 でんしゃの　なかに　かばん（　　　）　わすれました。

1　と　　　　　2　が　　　　　3　を　　　　　4　で

15 はやく　（　　　）たいです。

1　けっこんし　　　　　　　　2　けっこんする

3　けっこんして　　　　　　　4　けっこん

16 ノートを　3（　　　）　かいました。

1　ぼん　　　　　2　さつ　　　　　3　こ　　　　　4　まい

もんだい2

つぎの　1・2・3・4で　ぶんを　つくります。そのとき　＿★＿　に　はいる
ものは　1・2・3・4の　どれですか。ひとつ　えらびなさい。

17　あとで　＿＿＿＿＿　＿＿★＿＿　、＿＿＿＿＿　＿＿＿＿＿　。
　　　　1　でんきが　　　　　　　　　2　ありますから
　　　　3　かいぎが　　　　　　　　　4　つけて　あります

18　この　＿＿＿＿＿　＿＿＿＿＿　＿＿★＿＿　＿＿＿＿＿　しませんか。
　　　　1　ちかく　　　　2　はなみ　　　3　を　　　　　4　で

19　この　＿＿＿＿＿　＿＿＿＿＿　、＿★＿＿　＿＿＿＿＿　ところです。
　　　　1　な　　　　　　2　へんは　　　3　しずかで　　4　べんり

20　きょうは　＿★＿＿　＿＿＿＿＿　＿＿＿＿＿　＿＿＿＿＿　ありません。
　　　　1　なにも　　　　2　ひまで　　　3　ことが　　　4　やる

21　ごはんを　＿＿＿＿＿　＿＿＿＿＿　＿＿＿＿＿　＿＿★＿＿　でかけます。
　　　　1　から　　　　　2　して　　　　3　そうじ　　　4　つくって

もんだい3

つぎの （22）から （26）に なにを いれますか。それぞれ 1・2・3・4の
なかから いちばん いい ものを ひとつ えらびなさい。

（1）

　むかしの にほんじんの おとうさんは とても きびしい ひとが （22）。
わたしの ちちも きびしい ひとでした。いまは もう 80さいで、としを と
りましたから、（23） おこらなく なりましたが、（24） わたしは ちちが
こわいです。

22	1　おおいでした	2　おおかったでした
	3　おおくでした	4　おおかったです

23	1　まだ	2　もっと	3　あまり	4　とても

24	1　いまでも	2　いまから	3　いままで	4　いますぐ

（2）

　わたしは りょうりが だいすきです。しゅうまつ、じかんが あるとき、わた
しが ごはんを つくります。かぞくは みんな わたしの （25） りょうりが
（26）と いいます。かぞくが よろこぶ かおを みて、わたしも うれしいで
す。

25	1　つくって	2　つくる	3　つくります	4　つくったり

26	1　おいしい	2　むずかしい	3　あたらしい	4　おもしろい

もんだい4

つぎの　ぶんを　よんで　しつもんに　こたえなさい。こたえは　1・2・3・4の
なかから　いちばん　いい　ものを　ひとつ　えらびなさい。

（1）

　ひる　コンビニで　ジュースと　パンを　2つ　かいました。ともだちから　コー
ヒーと　りんごを　もらいました。ともだちは　コーヒーだけでしたから、パンを
1つ　あげました。そして、こうえんで　たべました。

____

| 27 | ともだちは　こうえんで　なにを　たべましたか。 |

1　ジュースと　パンを　2つ　　　2　コーヒーと　パンを　1つ

3　コーヒーと　りんご　　　　　　4　コーヒーと　りんごと　パンを　1つ

（2）

　あさっては　クリスマスです。いつかまえに　かのじょに　あげる　プレゼント
を　かいました。あしたは　クリスマスカードを　かきます。クリスマスが　たの
しみです。

____

| 28 | この　ひとは　いつ　プレゼントを　かいましたか。 |

1　16日　　　　　2　18日　　　　　3　20日　　　　　4　25日

（3）

　いもうとと　ともだちと　デパートへ　いきました。いもうと　ともだちは　か
ばんを　かいました。それと　おなじ　ものを　わたしも　つかって　います。
わたしは　ははの　たんじょうびに　あげる　くつしたと　かばんを　かいまし
た。

29 この　ひとと　おなじ　かばんを　つかって　いる　ひとは　だれですか。

1　いもうとの　ともだち　　　　2　この　ひとの　おかあさん

3　ともだち　　　　　　　　　　4　いもうとと　ともだち

もんだい5

つぎの　ぶんを　よんで　しつもんに　こたえなさい。こたえは　1・2・3・4の　なかから　いちばん　いい　ものを　ひとつ　えらびなさい。

　わたしは　いえの　ちかくの　コンビニで　アルバイトを　して　います。げつようび、すいようび、もくようびと　しゅうまつです。げつようび、すいようび、もくようびは　がっこうが　おわってから、はたらきます。しゅうまつは　ごぜん　9じから　ごご　5じまでです。でも、しゅうまつ　みせが　いそがしい　ときは　ときどき　10じかん　ぐらい　はたらきます。しごとは　たいへんですが、みせの　ひとは　みんな　いい　ひとですから、たのしいです。

30　この　ひとは　いっしゅうかんに　なんかい　はたらきますか。
　　　1　3かい　　　　2　4かい　　　　3　5かい　　　　4　6かい

31　どようびは　たいてい　なんじかん　はたらきますか。
　　　1　7じかん　　　2　8じかん　　　3　9じかん　　　4　10じかん

もんだい6

つぎの　ぶんを　よんで　したの　ひょうを　みて　しつもんに　こたえなさい。
こたえは　1・2・3・4の　なかから　いちばん　いい　ものを　ひとつ　えらびな
さい。

　ダンスを　ならいに　ダンスきょうしつへ　いきたいです。がっこうから　ダン
スきょうしつまで　じてんしゃで　20ぷん　かかります。ダンスの　レッスンは
1じかんはんです。

時間割

	月	火	水	木	金	土	日
8:00							
		じゅぎょう	じゅぎょう		じゅぎょう		
10:00							
	じゅぎょう		じゅぎょう	じゅぎょう	じゅぎょう	じゅぎょう	アルバイト
12:00							
1:00							
		じゅぎょう		じゅぎょう			アルバイト
3:00			じゅぎょう				
5:00							

ダンスきょうしつ

	月	火	水	木	金	土	日
9:00	休み	休み	休み	レッスン	レッスン		
10:30	休み	レッスン		レッスン	休み	休	
12:00							
1:00	休み	レッスン	休み	休み	レッスン	館	
2:30		休み	レッスン		休み		
4:00							

32 いつ　いく　ことが　できますか。

1　かようびと　もくようび

2　すいようびと　げつようび

3　かようびと　きんようび

4　すいようびと　もくようび

N5

ちょうかい
聴解

（30分）

注　意
Notes

1. 「始め」の合図があるまで、この問題用紙を開けないでください。
   Do not open this question booklet before the test begins.

2. この問題用紙を持ち帰ることはできません。
   Do not take this question booklet with you after the test.

3. 受験番号と名前を下の欄に、受験票と同じようにはっきりと書いてください。
   Write your registration number and name clearly in each box below as written on your test voucher.

4. この問題用紙は、全部で17ページあります。
   This question booklet has 17 pages.

5. 問題には解答番号の①、②、③…が付いています。解答は、解答用紙にある同じ番号の解答欄にマークしてください。
   One of the row numbers①,②,③…is given for each question. Mark your answer in the same row of the answersheet.

受験番号　Examinee Registration Number	

名前　Name	

N5

ちょうかい　かいとうようし
聴解　解答用紙

受験番号
Examinee Registration
Number

名前
Name

もんだい 1

1	①	②	③	④
2	①	②	③	④
3	①	②	③	④
4	①	②	③	④
5	①	②	③	④
6	①	②	③	④
7	①	②	③	④

もんだい 2

8	①	②	③	④
9	①	②	③	④
10	①	②	③	④
11	①	②	③	④
12	①	②	③	④
13	①	②	③	④

もんだい 3

14	①	②	③
15	①	②	③
16	①	②	③
17	①	②	③
18	①	②	③

もんだい 4

19	①	②	③
20	①	②	③
21	①	②	③
22	①	②	③
23	①	②	③
24	①	②	③

第1回　聴解

もんだい1

もんだい1では、はじめに　しつもんを　きいて　ください。それから　はなしを
きいて、もんだいようしの　1から4の　なかから、いちばん　いい　ものを　ひとつ
えらんで　ください。

1ばん　▶MP3-01

2ばん ▶MP3-02

3ばん ▶MP3-03

4ばん ▶MP3-04

5ばん ▶MP3-05

1　黒
2　赤
3　黒
4　赤

6ばん ▶MP3-06

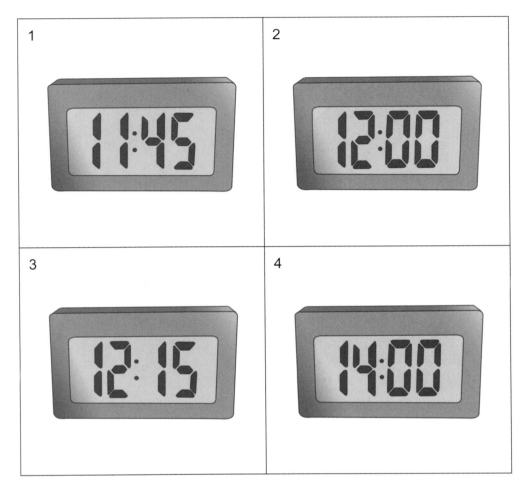

1	2
11:45	12:00
3	4
12:15	14:00

7ばん ▶MP3-07

もんだい2

もんだい2では、はじめに　しつもんを　きいて　ください。それから、はなしを
きいて、もんだいようしの　1から4の　なかから、いちばん　いい　ものを　ひとつ
えらんで　ください。

8ばん　▶MP3-08

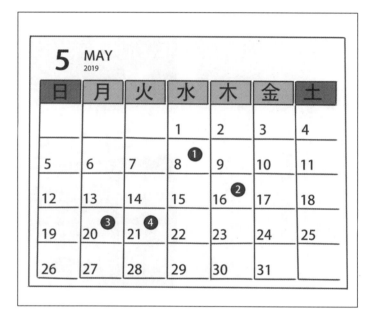

9ばん ▶MP3-09

10ばん ▶MP3-10

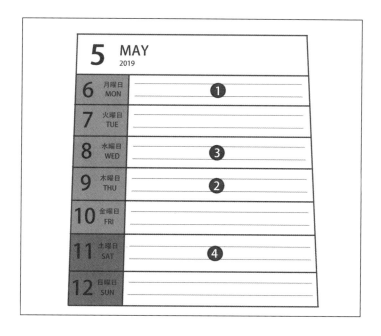

11ばん ▶MP3-11

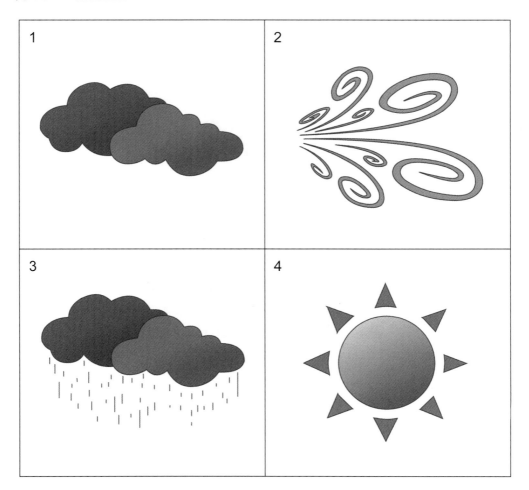

12ばん ▶MP3-12

1. しゅくだいを　やって　いませんでしたから。

2. びょういんへ　いかなければ　なりませんから。

3. かぜを　ひきましたから。

4. かぞくが　きますから。

13ばん ▶MP3-13

1. ともだちの　けっこんしき

2. じぶんの　じっか

3. レストラン

4. ごしゅじんの　じっか

もんだい3

もんだい3では、はじめに　しつもんを　きいて　ください。→（やじるし）のひ
とは　なんと　いいますか。1から3の　なかから、いちばん　いい　ものを　ひとつ
えらんで　ください。

14ばん　▶MP3-14

15ばん ▶MP3-15

17ばん ▶MP3-17

もんだい4

もんだい4は、えなどが　ありません。ぶんを　きいて、1から3の　なかから、いちばん　いい　ものを　ひとつ　えらんで　ください。

－メモ－

19ばん　▶MP3-19

20ばん　▶MP3-20

21ばん　▶MP3-21

22ばん　▶MP3-22

23ばん　▶MP3-23

24ばん　▶MP3-24

全科擬真試題
第 2 回

N5

げんごちしき（もじ・ごい）

（25分）

注　意
Notes

1. 「始め」の合図があるまで、この問題用紙を開けないでください。
   Do not open this question booklet before the test begins.

2. この問題用紙を持ち帰ることはできません。
   Do not take this question booklet with you after the test.

3. 受験番号と名前を下の欄に、受験票と同じようにはっきりと書いてください。
   Write your registration number and name clearly in each box below as written on your test voucher.

4. この問題用紙は、全部で7ページあります。
   This question booklet has 7 pages.

5. 問題には解答番号の①、②、③…が付いています。解答は、解答用紙にある同じ番号の解答欄にマークしてください。
   One of the row numbers①,②,③…is given for each question. Mark your answer in the same row of the answersheet.

受験番号　Examinee Registration Number	

名前　Name	

N5 げんごちしき (もじ・ごい) かいとうようし

受験番号
Examinee Registration
Number

名前
Name

〈 ちゅうい　Notes 〉

1. くろいえんぴつ (HB、No.2) で
　かいてください。
　Use a black medium soft
　(HB or NO.2) pencil.

2. かきなおすときは、けしゴムで
　きれいにけしてください。
　Erase any unintended marks
　completely.

3. きたなくしたり、おったりしない
　でください。
　Do not soil or bend this sheet.

4. マークれい　Marking examples

よい Correct	わるい Incorrect
●	⊗ ⊘ ○ ◉ ⊖ ○

もんだい 1

1	①	②	③	④
2	①	②	③	④
3	①	②	③	④
4	①	②	③	④
5	①	②	③	④
6	①	②	③	④
7	①	②	③	④
8	①	②	③	④
9	①	②	③	④
10	①	②	③	④
11	①	②	③	④
12	①	②	③	④

もんだい 2

13	①	②	③	④
14	①	②	③	④
15	①	②	③	④
16	①	②	③	④
17	①	②	③	④
18	①	②	③	④
19	①	②	③	④
20	①	②	③	④

もんだい 3

21	①	②	③	④
22	①	②	③	④
23	①	②	③	④
24	①	②	③	④
25	①	②	③	④
26	①	②	③	④
27	①	②	③	④
28	①	②	③	④
29	①	②	③	④
30	①	②	③	④

もんだい 4

31	①	②	③	④
32	①	②	③	④
33	①	②	③	④
34	①	②	③	④
35	①	②	③	④

言語知識（文字・語彙）

もんだい1

_____の　ことばは　ひらがなで　どう　かきますか。1・2・3・4から　いちばん
いい　ものを　ひとつ　えらんで　ください。

1 きょうの　午後　じゅぎょうは　やすみです。
　　1　ごぜん　　　　2　ここ　　　　　3　ごご　　　　　4　ごっご

2 きょうは　四日です。
　　1　よんにち　　2　よっか　　　3　しにち　　　4　ようか

3 金ようび　ともだちと　あそびます。
　　1　きん　　　　2　げつ　　　　　3　もく　　　　　4　すい

4 テーブルの　前に　いぬが　います。
　　1　みぎ　　　　2　よこ　　　　　3　した　　　　　4　まえ

5 ここに　ペンが　何本　ありますか。
　　1　さつ　　　　2　ぼん　　　　　3　だい　　　　　4　まい

6 あそこに　きが　立って　います。
　　1　た　　　　　2　も　　　　　　3　か　　　　　　4　き

7 あしたの　天気は　はれでしょう。
　　1　でんき　　　2　てんき　　　3　てんぎ　　　4　でんぎ

8 がっこうの　西に　わたしの　いえが　あります。

1　ひがし　　　2　きた　　　　3　みなみ　　　4　にし

9 毎週　ピアノを　ならって　います。

1　めいしゅ　　2　まいしゅ　　3　まいしゅう　4　まいしょう

10 出口は　どこですか。

1　でぐち　　　2　でくち　　　3　いりぐち　　4　いりくち

11 弟は　まだ　どくしんです。

1　いもうと　　2　あね　　　　3　あに　　　　4　おとうと

12 まいにち　新聞を　よみます。

1　しぶん　　　2　しんぴん　　3　しんぶん　　4　しんぶ

もんだい2

_____の ことばは どう かきますか。1・2・3・4から いちばん いい
ものを ひとつ えらんで ください。

13 ふぉーくで りんごを たべます。
　　　1　ウォータ　　　2　クォーク　　　3　フォーク　　　4　ワォータ

14 たなに にもつを あげます。
　　　1　給　　　　　2　開　　　　　3　明　　　　　4　上

15 としょかんと びょういんの あいだに はなやが あります。
　　　1　間　　　　　2　閑　　　　　3　闇　　　　　4　関

16 きょうの そらは とても あおいです。
　　　1　雲　　　　　2　花　　　　　3　空　　　　　4　外

17 あの おとこの こは だれですか。
　　　1　女　　　　　2　方　　　　　3　人　　　　　4　男

18 れすとらんで はたらいて います。
　　　1　クリスマス　　2　レストラン　　3　コンタクト　　4　カメレオン

19 ことし 30さいに なります。
　　　1　今歳　　　　　2　今月　　　　　3　今年　　　　　4　今日

20 わたしは はなが おおきいです。
　　　1　花　　　　　2　鼻　　　　　3　耳　　　　　4　顔

もんだい3

（　　）に　なにが　はいりますか。1・2・3・4から　いちばん　いい　ものを
ひとつ　えらんで　ください。

21 あめが　ふって　いますから、かさを　（　　　）。
1　さがしましょう　　　　　　　2　さしましょう
3　さきましょう　　　　　　　　4　さそいましょう

22 コーヒー、もう　いっぱい　（　　　）ですか。
1　どんな　　　2　なんで　　　3　どうやって　4　いかが

23 （　　　）10ぷんで　しけんが　おわります。
1　あと　　　　2　もう　　　3　まだ　　　4　だけ

24 わたしは　いつも　（　　　）を　あらって　います。
1　おかし　　　2　おさけ　　　3　おさら　　　4　おかね

25 テストは　（　　　）　ほうが　いいです。
1　やすい　　　2　たのしい　　3　やさい　　　4　やさしい

26 きょうは　さむいですから、（　　　）を　きました。
1　ヤーター　　2　セーター　　3　セーダー　　4　セークー

27 けさ　ぎゅうにゅうを　3（　　　）も　のみました。
1　ばい　　　　2　ぱい　　　3　はい　　　4　ほい

28 いま　あには　シャワーを　（　　）　います。
1　はいって　　2　あらって　　3　みがいて　　4　あびて

29 ともだちが　たくさん　きて、（　　　）です。

1　すくない　　2　ひろい　　　3　にぎやか　　4　つめたい

30 あの　ひとが　だれか　（　　　）。

1　おぼえません　　　　　2　みません

3　しりません　　　　　　4　あいません

もんだい4

_____の　ぶんと　だいたい　おなじ　いみの　ぶんが　あります。1・2・3・4　から　いちばん　いい　ものを　ひとつ　えらんで　ください。

31　わたしは　スポーツが　にがてです。

1　わたしは　スポーツが　すきです。

2　わたしは　スポーツが　へたです。

3　わたしは　スポーツが　じょうずです。

4　わたしは　スポーツが　できます。

32　陳さんは　林さんから　ほんを　かりました。

1　林さんは　陳さんに　ほんを　かえしました。

2　林さんは　陳さんに　ほんを　かしました。

3　林さんは　陳さんに　ほんを　かいました。

4　林さんは　陳さんに　ほんを　もらいました。

33　バスは　5じ　5ふん　まえに　きます。

1　バスは　5じ　ちょうどに　きます。

2　5じ　まえに　バスに　のります。

3　バスは　5じ　5ふんに　きます。

4　4じに　55ふんに。バスを　おります。

34　ちちは　おもしろい　ひとです。

1　ちちは　うれしい　ひとです。

2　ちちは　ユーモアが　ある　ひとです。

3　ちちは　やさしい　ひとです。

4　ちちは　あたまが　いい　ひとです。

35 そぼは　からだが　とても　じょうぶです。

1　そぼは　とても　けんこうです。

2　そぼは　とても　ちからが　つよいです。

3　そぼは　だいじょうぶです。

4　そぼは　とても　じょうずです。

N5

げんご　ち　しき
言語知識（文法）・読解

ぶんぽう　　　　　どっかい

（50分）

注　意
Notes

1. 「始め」の合図があるまで、この問題用紙を開けないでください。
   Do not open this question booklet before the test begins.

2. この問題用紙を持ち帰ることはできません。
   Do not take this question booklet with you after the test.

3. 受験番号と名前を下の欄に、受験票と同じようにはっきりと書いてください。
   Write your registration number and name clearly in each box below as written on your test voucher.

4. この問題用紙は、全部で7ページあります。
   This question booklet has 7 pages.

5. 問題には解答番号の①、②、③…が付いています。解答は、解答用紙にある同じ番号の解答欄にマークしてください。
   One of the row numbers①,②,③…is given for each question. Mark your answer in the same row of the answersheet.

受験番号　Examinee Registration Number	

名前　Name	

N5 言語知識（文法）・読解　解答用紙

げんご ちしき（ぶんぽう）・どっかい　かいとうようし

受験番号　Examinee Registration Number

名前　Name

〈 ちゅうい　Notes 〉

1. くろいえんぴつ（HB、No.2）で かいてください。
   Use a black medium soft (HB or NO.2) pencil.

2. かきなおすときは、けしゴムで きれいにけしてください。
   Erase any unintended marks completely.

3. きたなくしたり、おったりしない でください。
   Do not soil or bend this sheet.

4. マークれい　Marking examples

よい Correct	わるい Incorrect
●	⊗ ○ ○ ○ ⊙ ①

もんだい 1

1	①	②	③	④
2	①	②	③	④
3	①	②	③	④
4	①	②	③	④
5	①	②	③	④
6	①	②	③	④
7	①	②	③	④
8	①	②	③	④
9	①	②	③	④
10	①	②	③	④
11	①	②	③	④
12	①	②	③	④
13	①	②	③	④
14	①	②	③	④
15	①	②	③	④
16	①	②	③	④

もんだい 2

17	①	②	③	④
18	①	②	③	④
19	①	②	③	④
20	①	②	③	④
21	①	②	③	④

もんだい 3

22	①	②	③	④
23	①	②	③	④
24	①	②	③	④
25	①	②	③	④
26	①	②	③	④

もんだい 4

27	①	②	③	④
28	①	②	③	④
29	①	②	③	④

もんだい 5

30	①	②	③	④
31	①	②	③	④

もんだい 6

32	①	②	③	④

言語知識（文法）・讀解

もんだい1

（　　　）に　何を　入れますか。1・2・3・4から　いちばん　いい　ものを　一つ　えらんで　ください。

1　わたしは　あたらしい　くるま（　　　）　ほしいです。
　　　1　が　　　　　2　で　　　　　3　へ　　　　　4　に

2　せんしゅう　ちんさんから　（　　　）　ほんは　これです。
　　　1　かりる　　　2　かりて　　　3　かりた　　　4　かります

3　きのうは　（　　　）。
　　　1　あついないでした　　　　　　2　あついなかったです
　　　3　あつくなくでした　　　　　　4　あつくなかったです

4　あした　わたしの　いえに　（　　　）に　きませんか。
　　　1　あそ　　　　2　あそぶ　　　3　あそび　　　4　あそんで

5　きのう　びょうき（　　　）　かいしゃを　やすみました。
　　　1　ので　　　　2　から　　　　3　と　　　　　4　で

6　ちちは　ワインは　のみますが、ビール（　　　）　のみません。
　　　1　が　　　　　2　も　　　　　3　は　　　　　4　と

7 きのうは　にじ（　　　）　ねました。

1　じゅう　　　　2　まで　　　　　3　ごろ　　　　　4　ぐらい

8 しゅうまつは　（　　　）　いきません。

1　どれを　　　　2　いくら　　　　3　なにか　　　　4　どこも

9 なつやすみは　やま（　　　）　うみ（　　　）　いきませんでした。

1　へも / へも　　2　もへ / もへ　　3　へは / へは　　4　はへ / はへ

10 せんせいが　はなして　いますから、みなさん、（　　　）　しましょう。

1　しずか　　　　2　しずかな　　　3　しずかに　　　4　しずかで

11 きのう　ごはんを　4はい（　　　）　たべました。

1　を　　　　　　2　が　　　　　　3　も　　　　　　4　ぐらい

12 でんきを　（　　　）　ねました。

1　けさない　　　2　けさなく　　　3　けさなくて　　4　けさないで

13 わたしは　やさいが　あまり　（　　　）　ありません。

1　すきでは　　　2　すきな　　　　3　すきに　　　　4　すきく

14 きのう　びょういんへ　（　　　）で、かいしゃへ　いきました。

1　いくまえ　　　2　いってから　　3　いって　　　　4　いったあと

15 きょうしつに　がくせいが　ひとり（　　　）　いません。

1　まで　　　　　2　だけ　　　　　3　から　　　　　4　しか

16 てを　（　　　）から、ごはんを　たべます。

1　あらう　　　　2　あらい　　　　3　あらって　　　4　あらった

もんだい2

つぎの　1・2・3・4で　ぶんを　つくります。そのとき　＿＿★＿＿に　はいる
ものは　1・2・3・4の　どれですか。ひとつ　えらびなさい。

17　あしたの　＿＿＿＿＿　＿＿★＿＿　＿＿＿＿＿　＿＿＿＿＿　でしょう。
　　　1　しけんは　　　2　ない　　　　　3　そんなに　　4　むずかしく

18　いえの　＿＿＿＿＿　＿＿＿＿＿　＿＿＿＿＿　＿＿★＿＿　います。
　　　1　に　　　　　　2　とまって　　3　まえ　　　　4　くるまが

19　いそがしい　＿＿＿＿＿　＿＿★＿＿　＿＿＿＿＿　＿＿＿＿＿　いません。
　　　1　まだ　　　　　2　から　　　　3　おわって　　4　しゅくだいは

20　かさ　＿＿＿＿＿　＿＿＿＿＿　＿＿★＿＿　＿＿＿＿＿、こまりました。
　　　1　に　　　　　　2　を　　　　　3　バス　　　　4　わすれて

21　せんせいは　＿＿＿＿＿　＿＿★＿＿　＿＿＿＿＿、＿＿＿＿＿　では　ありません。
　　　1　が　　　　　　2　きびしい　　3　です　　　　4　わるいひと

もんだい3

つぎの　（22）から　（26）に　なにを　いれますか。それぞれ　1・2・3・4の
なかから　いちばん　いい　ものを　ひとつ　えらびなさい。

（1）

　わたしは　いま　にほんの　かいしゃで　（22）　います。かいしゃの　ひとは
にほんじんですから、まいにち　にほんごで　はなしたり、しりょうを　よんだり、
メールをかいたり　（23）なければ　なりません。わたしの　にほんごは　じょう
ずでは　ありませんから、（24）　たいへんですが、この　しごとが　すきですか
ら、がんばります。

22	1	はたらきて	2	はたらくて
	3	はたらいて	4	はたらって

23	1 し	2 する	3 して	4 すて

24	1 あまり	2 それから	3 もっと	4 とても

（2）

　いえの　ちかくに　あたらしい　としょかんが　できました。とても　（25）、
あたらしい　ほん（26）　ざっしなどが　たくさん　あります。しゅうまつ　こ
どもと　いっしょに　としょかんへ　いって、そこで　べんきょうしたり、ほんを
よんだり　して　います。

25	1 きれくて	2 きれいて	3 きれいな	4 きれいで

26	1 と	2 や	3 で	4 に

もんだい4

つぎの　ぶんを　よんで　しつもんに　こたえなさい。こたえは　1・2・3・4の
なかから　いちばん　いい　ものを　ひとつ　えらびなさい。

（1）

おとといは　がっこうが　やすみでした。ともだちと　プールへ　およぎに　い
きました。あしたは　どようびです。どようびは　うみへ　およぎに　いきます。

27　きょうは　なんようびですか。
1　すいようび　　　　　　　　2　もくようび
3　きんようび　　　　　　　　4　にちようび

（2）

まいしゅう　げつようび　あさ　8じに　にほんごの　かいわの　じゅぎょうが
あります。きょうは　しけんです。せんせいは　30ぷん　はやく　はじめると　い
いました。

28　しけんは　なんじからですか。
1　7じ　　　　　　2　7じはん　　　3　8じ30ぷん　　4　8じはん

（3）

あねは　せんげつ　ともだちと　いっしょに　かいものに　いって、かばんを
かいました。すてきな　かばんですから、わたしも　ほしかったです。せんしゅう
ちちは　それと　おなじ　かばんを　かいました。それは、わたしの　たんじょう
びプレゼントでした。とても　うれしかったです。

29　この　ひとの　おとうさんが　かった　かばんは　いま　だれが　もって
　　いますか。
1　はは　　　　2　あね　　　　3　わたし　　　4　ともだち

もんだい5

つぎの　ぶんを　よんで　しつもんに　こたえなさい。こたえは　1・2・3・4の
なかから　いちばん　いい　ものを　ひとつ　えらびなさい。

　　わたしは　りょうしんと　あねが　ふたりと　おとうとが　ひとり　います。ち
ちは　かんこくの　かいしゃで　はたらいて　います。ははは　はたらいて　いま
せん。いちばん　うえの　あねは　いま　にほんで　はたらいて　います。2ばん
めの　あねは　むかし　アメリカで　べんきょうして　いて、いま　えいごの　せ
んせいです。おとうとは　がくせいです。きょねんは　きょうだいだけで　タイへ
いきましたが、ことしは　かぞく　みんなで　あねに　あいに　いきます。たのし
みです。

30 なんにんで　タイへ　いきましたか。

　　　1　4にん　　　　　2　5にん　　　　　3　6にん　　　　　4　7にん

31 かぞくで　どこへ　いきますか。

　　　1　かんこく　　　2　にほん　　　　　3　アメリカ　　　4　タイ

もんだい6

つぎの　ぶんを　よんで　したの　ひょうを　みて　しつもんに　こたえなさい。
こたえは　1・2・3・4の　なかから　いちばん　いい　ものを　ひとつ　えらびな
さい。

上映時間

A そして母になる　　　　　（英）［1時間40分］10:00　12:15　15:00　16:50　20:00
B 明日も元気　　　　　　　（日）［2時間30分］　9:10　14:00　19:30
C エリジウム　　　　　　　（英）［2時間50分］10:20　15:00　16:50
D よっちゃん、ありがとう　（日）［2時間］　　　13:20　17:00

32　あした　ともだちと　えいがを　みに　いきます。にほんごと　えいごの
　　　えいがを　2つ　みたいですが、5じかんしか　じかんが　ありません。5じ
　　　かん*いないに　みる　ことが　できる　えいがは　どれと　どれですか。
　　　*いない：以内

　　　1　A＋B　　　　　2　B＋C　　　　3　C＋D　　　　4　A＋D

N5

ちょうかい
聴解

（30分）

注　意
Notes

1. 「始め」の合図があるまで、この問題用紙を開けないでください。
   Do not open this question booklet before the test begins.

2. この問題用紙を持ち帰ることはできません。
   Do not take this question booklet with you after the test.

3. 受験番号と名前を下の欄に、受験票と同じようにはっきりと書いてください。
   Write your registration number and name clearly in each box below as written on your test voucher.

4. この問題用紙は、全部で16ページあります。
   This question booklet has 16 pages.

5. 問題には解答番号の①、②、③…が付いています。解答は、解答用紙にある同じ番号の解答欄にマークしてください。
   One of the row numbers①,②,③…is given for each question. Mark your answer in the same row of the answersheet.

受験番号　Examinee Registration Number	

名前　Name	

N5 ちょうかい 聴解 かいとうようし 解答用紙

受験番号 Examinee Registration Number

名前 Name

〈 ちゅうい Notes 〉

1. くろいえんぴつ (HB、No.2) で
かいてください。
Use a black medium soft
(HB or NO.2) pencil.

2. かきなおすときは、けしゴムで
きれいにけしてください。
Erase any unintended marks
completely.

3. きたなくしたり、おったりしない
でください。
Do not soil or bend this sheet.

4. マークれい Marking examples

よい Correct	わるい Incorrect
●	⊗ ◯ ◯ ◯ ◑ ◐

もんだい 1

1	①	②	③	④
2	①	②	③	④
3	①	②	③	④
4	①	②	③	④
5	①	②	③	④
6	①	②	③	④
7	①	②	③	④

もんだい 2

8	①	②	③	④
9	①	②	③	④
10	①	②	③	④
11	①	②	③	④
12	①	②	③	④
13	①	②	③	④

もんだい 3

14	①	②	③
15	①	②	③
16	①	②	③
17	①	②	③
18	①	②	③

もんだい 4

19	①	②	③
20	①	②	③
21	①	②	③
22	①	②	③
23	①	②	③
24	①	②	③

聴解

もんだい1

もんだい1では、はじめに　しつもんを　きいて　ください。それから　はなしを
きいて、もんだいようしの　1から4の　なかから、いちばん　いい　ものを　ひとつ
えらんで　ください。

1ばん　▶MP3-25

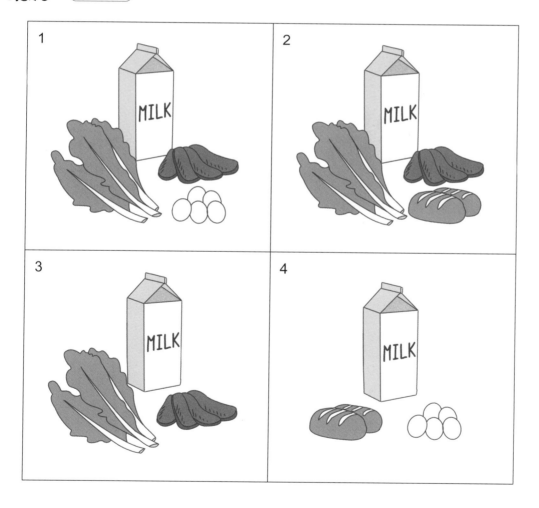

2ばん ▶MP3-26

3ばん ▶MP3-27

4ばん ▶MP3-28

1. アメリカの　こわい　えいが

2. アメリカの　こわくない　えいが

3. にほんの　おもしろい　えいが

4. かんこくの　おもしろい　えいが

5ばん ▶MP3-29

1. 13さつ

2. 15さつ

3. 17さつ

4. 30さつ

6ばん ▶MP3-30

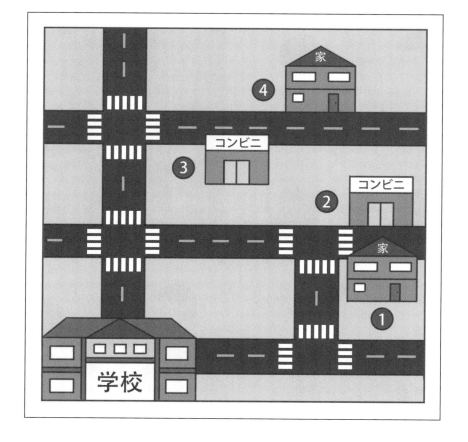

7ばん ▶MP3-31

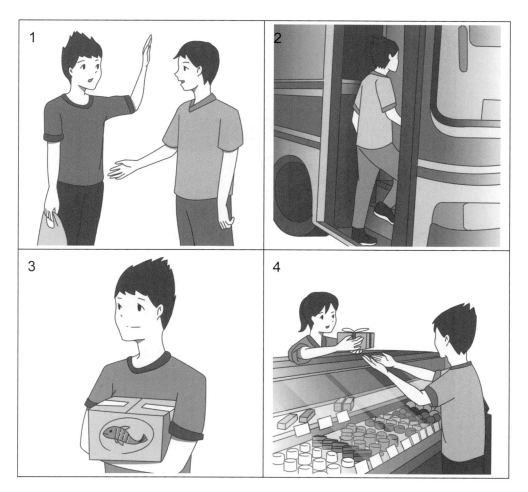

もんだい2

もんだい2では、はじめに　しつもんを　きいて　ください。それから、はなしを　きいて、もんだいようしの　1から4の　なかから、いちばん　いい　ものを　ひとつ　えらんで　ください。

8ばん　▶MP3-32

1. かいぎが　ありましたから。

2. ぶちょうが　しゅっちょうから　おそく　かえって　きましたから。

3. あめが　ふって、みちが　こんで　いましたから。

4. みちに　まよいましたから。

9ばん　▶MP3-33

1. かようび

2. すいようび

3. もくようび

4. きんようび

10ばん ▶MP3-34

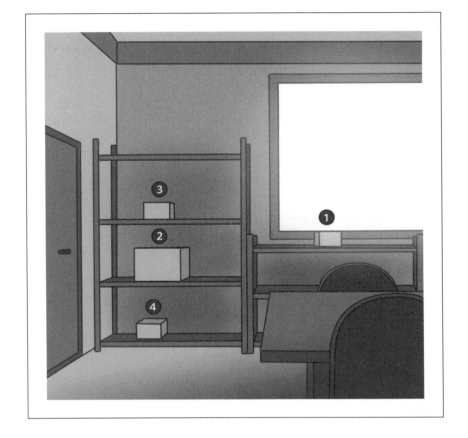

11ばん ▶MP3-35

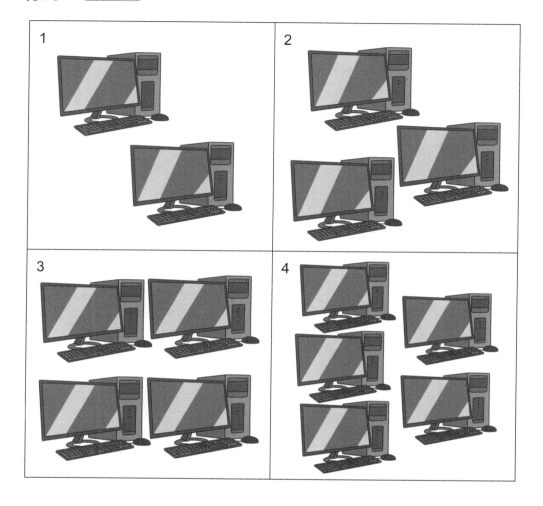

12ばん ▶MP3-36

1	2

3	4

13ばん ▶MP3-37

1. 5日（いつか）

2. 2日（ふつか）

3. 4日（よっか）

4. 3日（みっか）

もんだい3

もんだい3では、はじめに　しつもんを　きいて　ください。→（やじるし）のひ
とは　なんと　いいますか。1から3の　なかから、いちばん　いい　ものを　ひとつ
えらんで　ください。

14ばん　▶MP3-38

15ばん ▶MP3-39

17ばん ▶MP3-41

もんだい4

もんだい4は、えなどが　ありません。ぶんを　きいて、1から3の　なかから、いちばん　いい　ものを　ひとつ　えらんで　ください。

－メモ－

19ばん　▶MP3-43

20ばん　▶MP3-44

21ばん　▶MP3-45

22ばん　▶MP3-46

23ばん　▶MP3-47

24ばん　▶MP3-48

全科擬真試題
第 3 回

もんだいようし

N5

げんごちしき （もじ・ごい）

（25分）

注　意
Notes

1. 「始め」の合図があるまで、この問題用紙を開けないでください。
   Do not open this question booklet before the test begins.

2. この問題用紙を持ち帰ることはできません。
   Do not take this question booklet with you after the test.

3. 受験番号と名前を下の欄に、受験票と同じようにはっきりと書いてください。
   Write your registration number and name clearly in each box below as written on your test voucher.

4. この問題用紙は、全部で7ページあります。
   This question booklet has 7 pages.

5. 問題には解答番号の①、②、③…が付いています。解答は、解答用紙にある同じ番号の解答欄にマークしてください。
   One of the row numbers①,②,③…is given for each question. Mark your answer in the same row of the answersheet.

受験番号　Examinee Registration Number	

名前　Name	

N5 げんごちしき (もじ・ごい) かいとうようし

受験番号 Examinee Registration Number

名前 Name

〈 ちゅうい Notes 〉

1. くろいえんぴつ (HB、No.2) で かいてください。
Use a black medium soft (HB or NO.2) pencil.

2. かきなおすときは、けしゴムで きれいにけしてください。
Erase any unintended marks completely.

3. きたなくしたり、おったりしない でください。
Do not soil or bend this sheet.

4. マークれい Marking examples

よい Correct	わるい Incorrect
●	⊗ ◌ ◍ ◑ ◒ ⊖

もんだい 1

1	①	②	③	④
2	①	②	③	④
3	①	②	③	④
4	①	②	③	④
5	①	②	③	④
6	①	②	③	④
7	①	②	③	④
8	①	②	③	④
9	①	②	③	④
10	①	②	③	④
11	①	②	③	④
12	①	②	③	④

もんだい 2

13	①	②	③	④
14	①	②	③	④
15	①	②	③	④
16	①	②	③	④
17	①	②	③	④
18	①	②	③	④
19	①	②	③	④
20	①	②	③	④

もんだい 3

21	①	②	③	④
22	①	②	③	④
23	①	②	③	④
24	①	②	③	④
25	①	②	③	④
26	①	②	③	④
27	①	②	③	④
28	①	②	③	④
29	①	②	③	④
30	①	②	③	④

もんだい 4

31	①	②	③	④
32	①	②	③	④
33	①	②	③	④
34	①	②	③	④
35	①	②	③	④

言語知識（文字・語彙）

もんだい1

_____の ことばは ひらがなで どう かきますか。1・2・3・4から いちばん
いい ものを ひとつ えらんで ください。

1 いえの <u>前</u>に くるまが あります。
1 なか　　　　2 まえ　　　　3 うしろ　　　4 みぎ

2 <u>市役所</u>は どちらですか。
1 しやくしゅ　2 しやくしゃ　3 しやくしょ　4 しやくしゅう

3 その <u>角</u>を まがって ください。
1 いど　　　　2 まど　　　　3 かど　　　　4 やど

4 きょうは <u>水</u>ようびです。
1 すい　　　　2 げつ　　　　3 もく　　　　4 にち

5 <u>趣味</u>は カラオケです。
1 しゅみ　　　2 きょうみ　　3 しゅうみ　　4 きょみ

6 あしたは <u>二十日</u>です。
1 にじゅっにち　　　　　　2 じゅうににち
3 はつか　　　　　　　　　4 はちか

7 ざっしを 2冊 かいました。

1 ほん   2 まい   3 こ   4 さつ

8 自転車で がっこうへ いきます。

1 じんでしゃ   2 じでんしゃ   3 じてんしゅ   4 じてんしゃ

9 英語を ならって います。

1 ええご   2 えいご   3 えいごう   4 ええごう

10 兄弟が いますか。

1 きゅだい   2 きょだい   3 きょうだい   4 きゅうだい

11 時計が ありませんから、じかんが わかりません。

1 ときい   2 とけい   3 とけえ   4 どけえ

12 せんせいの 住所を しって いますか。

1 じゅうしょう   2 じゅしょう

3 じゅうしょ   4 じゅっしょう

もんだい2

＿＿＿の　ことばは　どう　かきますか。1・2・3・4から　いちばん　いい
ものを　ひとつ　えらんで　ください。

13 北海道のふゆ　とても　さむいです。

1 冷　　　　　2 寒　　　　　3 涼　　　　　4 凍

14 こんびにで　のみものを　かいます。

1 コソベニ　　2 コンベニ　　3 コソビニ　　4 コンビニ

15 いけに　さかなが　います。

1 海　　　　　2 川　　　　　3 湖　　　　　4 池

16 まどの　そばに　とりが　います。

1 窓　　　　　2 家　　　　　3 角　　　　　4 外

17 きょうは　とても　あついです。

1 熱　　　　　2 暑　　　　　3 厚　　　　　4 夏

18 この　もんだいは　むずかしいです。

1 資料　　　　2 宿題　　　　3 作文　　　　4 問題

19 でんきが　ついて　いますから、へやが　あかるいです。

1 電気　　　　2 電機　　　　3 電器　　　　4 電話

20 あしたは　てすとが　ありますから、べんきょうしなければ　なりません。

1 テープ　　　2 テニス　　　3 テント　　　4 テスト

もんだい3

（　　　）に　なにが　はいりますか。1・2・3・4から　いちばん　いい　ものを
ひとつ　えらんで　ください。

21 いま　いそがしいですから、（　　　）　きて　ください。
　　1　そろそろ　　　2　だんだん　　　3　まだ　　　　　4　あとで

22 「おちゃと　コーヒーと　（　　　）が　すきですか。」
　　「コーヒーの　ほうが　すきです。」
　　1　いかが　　　　2　どんな　　　　3　どちら　　　　4　なに

23 この　もんだいは　（　　　）です。
　　1　じょうず　　　2　へた　　　　　3　かんたん　　　4　じょうぶ

24 （　　　）を　みに　いきませんか。
　　1　サカー　　　　2　サーッカー　　3　サーカー　　　4　サッカー

25 ようじが　ありますから、はやく　（　　　）たいです。
　　1　かえり　　　　2　いそぎ　　　　3　うごき　　　　4　きまり

26 まいにち　へやを　（　　　）します。
　　1　でんわ　　　　2　せんたく　　　3　けんきゅう　　4　そうじ

27 その　じしょは　とても　（　　　）です。
　　1　ながい　　　　2　あつい　　　　3　みじかい　　　4　ふとい

28 さとうを　たくさん　いれましたから、コーヒーは　とても　（　　　）
なりました。

1　からく　　　　2　あまく　　　　3　あつく　　　　4　つめたく

29 ひとり　2つ　（　　　）　りんごを　もらいました。

1　すぎ　　　　2　まえ　　　　3　ずつ　　　　4　ごろ

30 「いえから　えきまで　（　　　）　かかりますか。」
「あるいて　10ぷんぐらいです。」

1　いくつ　　　　2　なんで　　　　3　いくら　　　　4　どのくらい

もんだい4

_____の　ぶんと　だいたい　おなじ　いみの　ぶんが　あります。1・2・3・4　から　いちばん　いい　ものを　ひとつ　えらんで　ください。

31　いつも　しゅじんが　せんたくを　します。

　　1　しゅじんは　いっしゅうかんに　2かい　せんたくを　します。

　　2　せんたくは　しゅじんの　しごとです。

　　3　いつも　しゅじんが　さらを　あらいます。

　　4　しゅじんは　せんたくが　すきです。

32　らいしゅうの　げつようびまでに　かえして　ください。

　　1　らいしゅうの　げつようびに　かえします。

　　2　こんしゅうの　にちようびまでに　かえさなければ　なりません。

　　3　らいしゅうの　げつようびまで　かりる　ことが　できます。

　　4　らいしゅうの　かようびに　かえしても　いいです。

33　この　もんだいは　むずかしく　ありません。

　　1　この　もんだいは　やすいです。

　　2　この　もんだいは　たいへんです。

　　3　この　もんだいは　やさしいです。

　　4　この　もんだいは　おおいです。

34　あには　どくしんです。

　　1　まだ　こどもが　いません。

　　2　けっこんして　いません。

　　3　おくさんが　います。

　　4　かぞくと　いっしょに　すんで　います。

35 きのう　かいしゃを　やめました。

1　きょうから　かいしゃは　やすみです。

2　きょうから　かいしゃへ　いきません。

3　きのう　かいしゃを　やすみました。

4　きのう　しごとを　わすれました。

N5

げんご ちしき
言語知識（文法）• 読解

ぶんぽう　　　　　　どっかい

（50分）

注　意
Notes

1. 「始め」の合図があるまで、この問題用紙を開けないでください。
   Do not open this question booklet before the test begins.

2. この問題用紙を持ち帰ることはできません。
   Do not take this question booklet with you after the test.

3. 受験番号と名前を下の欄に、受験票と同じようにはっきりと書いてください。
   Write your registration number and name clearly in each box below as written on your test voucher.

4. この問題用紙は、全部で9ページあります。
   This question booklet has 9 pages.

5. 問題には解答番号の①、②、③…が付いています。解答は、解答用紙にある同じ番号の解答欄にマークしてください。
   One of the row numbers①,②,③…is given for each question. Mark your answer in the same row of the answersheet.

受験番号　Examinee Registration Number	

名前　Name	

N5

げんごちしき ぶんぽう どっかい かいとうようし
言語知識（文法）・読解　解答用紙

受験番号
Examinee Registration Number

名前
Name

もんだい 1

	1	2	3	4
1	①	②	③	④
2	①	②	③	④
3	①	②	③	④
4	①	②	③	④
5	①	②	③	④
6	①	②	③	④
7	①	②	③	④
8	①	②	③	④
9	①	②	③	④
10	①	②	③	④
11	①	②	③	④
12	①	②	③	④
13	①	②	③	④
14	①	②	③	④
15	①	②	③	④
16	①	②	③	④

もんだい 2

	1	2	3	4
17	①	②	③	④
18	①	②	③	④
19	①	②	③	④
20	①	②	③	④
21	①	②	③	④

もんだい 3

	1	2	3	4
22	①	②	③	④
23	①	②	③	④
24	①	②	③	④
25	①	②	③	④
26	①	②	③	④

もんだい 4

	1	2	3	4
27	①	②	③	④
28	①	②	③	④
29	①	②	③	④

もんだい 5

	1	2	3	4
30	①	②	③	④
31	①	②	③	④

もんだい 6

	1	2	3	4
32	①	②	③	④

言語知識（文法）・讀解

もんだい1

（　　　）に　何を　入れますか。1・2・3・4から　いちばん　いい　ものを
一つ　えらんで　ください。

1 きょうの　かいぎは　2じ（　　　）です。

1 に　　　　　2 から　　　　3 の　　　　　4 で

2 あしたは　（　　　）かも　しれません。

1 あめ　　　　2 あめだ　　　3 あめだった　4 あめの

3 にほんごの　せんせいは　（　　　）ひとですか。

1 どれ　　　　2 どんな　　　3 だれ　　　　4 どう

4 とうきょうは　ぶっか（　　　）　たかいです。

1 に　　　　　2 へ　　　　　3 が　　　　　4 を

5 ほんを　（　　　）ながら　りょうりを　します。

1 みる　　　　2 み　　　　　3 みた　　　　4 みて

6 （　　　）　おそいですから、そろそろ　しつれいします。

1 まだ　　　　2 また　　　　3 もう　　　　4 もっと

7 バス（　　　）　のって　かいものに　いきます。

1 に　　　　　2 が　　　　　3 と　　　　　4 で

8 ほしが たくさん でて いますから、あした （　　　）。

1 はれて います　　　　　　　2 はれても いいです

3 はれません　　　　　　　　4 はれるでしょう

9 あには うたが （　　　） ありません。

1 じょうずに　2 じょうずだ　3 じょうずな　4 じょうずでは

10 きのう わたしは どこ （　　　） でかけませんでした。

1 も　　　　　　2 へ　　　　　　3 か　　　　　　4 を

11 ゆきが ふって、さむいです （　　　）。

1 が　　　　　　2 ね　　　　　　3 の　　　　　　4 も

12 これから （　　　）ひとは だれですか。

1 あって　　　　2 あいます　　　3 あった　　　4 あう

13 （　　　） また りょこうに いきたいです。

1 どう　　　　　2 いつか　　　　3 なにか　　　　4 どんな

14 「にちようび どこ （　　　） いきましたか。」

「ええ、台北へ えいがを みに いきました。」

1 で　　　　　　2 か　　　　　　3 へ　　　　　　4 も

15 はじめて ふじさん （　　　） のぼりました。

1 を　　　　　　2 で　　　　　　3 に　　　　　　4 へ

16 コップを （　　　） かいました。

1 3つ　　　　　2 3さつ　　　　3 3まい　　　　4 3ばい

もんだい2

つぎの　1・2・3・4で　ぶんを　つくります。そのとき　＿＿★＿＿に　はいる
ものは　1・2・3・4の　どれですか。ひとつ　えらびなさい。

17　にほんごを　＿＿＿＿＿　＿＿＿＿＿　＿＿＿＿＿、＿＿★＿＿　に　はなす
　　　ことが　できません。

　　　1　いますが　　　2　じょうず　　　3　3ねん　　　　　4　べんきょうして

18　あの　＿＿＿＿＿　＿＿＿＿＿　＿＿＿＿＿　＿＿★＿＿　500えんです。

　　　1　3つ　　　　　　2　りんごは　　　3　で　　　　　　4　あおい

19　にちようびは　＿＿＿＿＿　＿＿★＿＿、＿＿＿＿＿　＿＿＿＿＿　よみます。

　　　1　いえで　　　　2　でかけ　　　3　ほんを　　　4　ないで

20　わたしが　＿＿★＿＿　＿＿＿＿＿　＿＿＿＿＿　＿＿＿＿＿　ときには　もう
　　　ありませんでした。

　　　1　いった　　　　2　かいに　　　3　セーターは　4　かいたかった

21　しゅうまつは　かいものに　＿＿＿＿＿、＿＿★＿＿　＿＿＿＿＿　＿＿＿＿＿
　　　います。

　　　1　いったり　　　2　あったり　　　3　して　　　　　4　ともだちに

もんだい3

つぎの　（22）から　（26）に　なにを　いれますか。それぞれ　1・2・3・4の
なかから　いちばん　いい　ものを　ひとつ　えらびなさい。

（1）

　まどの　そとに　とりが　3びき　いて、あさ　はやくから　ないて　います。
きょうは　やすみの　ひですから、（22）　ねたかったですが、はやく　め（23）
さめました。でも、とりの　こえは　（24）、きぶんが　とても　いいです。

| 22 | 1 ながい | 2 ゆっくり | 3 しずか | 4 まっすぐ |

| 23 | 1 を | 2 が | 3 に | 4 で |

| 24 | 1 きれくて | 2 きれいで | 3 きれいの | 4 きれいな |

（2）

　きょうは　からだの　ちょうしが　わるいです。（25）　ごごから　（26）
かいぎが　ありますから、しごとを　やすむことが　できるか　どうか　わかりま
せん。

| 25 | 1 ですから | 2 しかし |
| | 3 それでは | 4 それから |

| 26 | 1 たいせつに | 2 たいせつな |
| | 3 たいせつで | 4 たいせつの |

もんだい4

つぎの　ぶんを　よんで　しつもんに　こたえなさい。こたえは　1・2・3・4の
なかから　いちばん　いい　ものを　ひとつ　えらびなさい。

（1）

　ははから　りんごを　ここのつ　もらいました。よっつ　となりの　おばさんに
あげました。そして、ふたつ　たべました。

27　いま　いくつ　ありますか。
　　1　ひとつ　　　　2　みっつ　　　　3　いつつ　　　　4　むっつ

（2）

　こんしゅう　にほんへ　りょこうに　いきます。らいしゅうの　すいようび
りょこうから　かえります。りょこうは　よっかかんです。

28　りょこうへ　いくのは　なんようびですか。
　　1　かようび　　2　もくようび　3　きんようび　4　にちようび

（3）

　せんしゅう、ちんさんに　りょうりの　ほんを　かりました。ケーキを　つくっ
て、りんさんと　おうさんに　ケーキを　あげました。あした　ちんさんに　ほん
を　かえします。

29　りょうりの　ほんは　いま　だれが　もって　いますか。
　　1　ちんさん　　　2　りんさん　　　3　わたし　　　　4　おうさん

もんだい5

つぎの ぶんを よんで しつもんに こたえなさい。こたえは 1・2・3・4の なかから いちばん いい ものを ひとつ えらびなさい。

アンさんは マリアさんに てがみと プレゼントを おくりました。

マリアさん

おげんきですか。

オーストラリアは いま さむいです。せんしゅう シンガポールへ いきましたが、とても あつかったです。台湾も まいにち あつい ひが つづいて いるでしょう。

らいしゅうの すいようび、7月 24日は マリアさんの たんじょうびですね。

「たんじょうび おめでとう！」

この てがみと いっしょに プレゼントを おくります。2しゅうかんぐらい かかりますから、たぶん たんじょうびまでに つくでしょう。

では、また れんらくします。

2018年7月7日　アン

---

30 マリアさん いま どこに いますか。

1 マリアさんは オーストラリアに います。

2 マリアさんは シンガポールに います。

3 マリアさんは 台湾に います。

4 マリアさんは デパートに います。

31 この　てがみで　いちばん　いいたい　ことは　なんですか。

1　オーストラリアは　7月でも　とても　さむい　こと。

2　せんしゅう　シンガポールへ　りょこうに　いった　こと。

3　オーストラリアから　台湾<ruby>台湾<rt>たいわん</rt></ruby>まで　2しゅうかんで　プレゼントが
　　つく　こと。

4　たんじょうびの　おいわいを　したかった　こと。

もんだい6

つぎの　ぶんを　よんで　したの　ひょうを　みて　しつもんに　こたえなさい。
こたえは　1・2・3・4の　なかから　いちばん　いい　ものを　ひとつ　えらびな
さい。

　かぞくで　にほんへ　りょこうしますから、ホテルを　予約しなければ　なりま
せん。わたしは　かいものや　かんこうが　したいですから、バスや　ちかてつの
えきから　ちかい　ほうが　いいです。えいごは　できますが、にほんごは　ぜん
ぜん　できません。それから、りょうしんは　おんせんが　すきです。
※*よさんは　3にんで　15000えん　**いないです。

*よさん：預算

**いない：以內

桜旅館	富士旅館
おおきい　おんせんが　あります	へやに　おんせんが　あります
マッサージが　できます	カラオケルームが　あります
えきから　5ふんです	えきから　3ぷんです
えい語、ちゅうごく語OK	ひとり4000円
ひとり4000円	

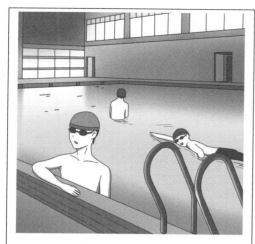

シーサイドホテル
プールが　あります
Wifiが　あります
えい語、ちゅうごく語、かんこく
語OK
ひとり6000円

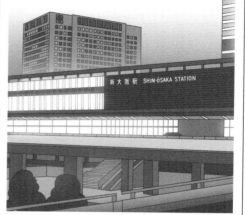

ニュービジネス大阪
ちかてつえきの　となりで、
こうつうが　べんりです。
あさごはんは　＊無料です
えい語OKです
ひとり3000円です

＊無料：免費

32

1　桜旅館

2　シーサイドホテル

3　富士旅館

4　ニュービジネス大阪

N5

ちょうかい
聴解

（30分）

注　意
Notes

1. 「始め」の合図があるまで、この問題用紙を開けないでください。
   Do not open this question booklet before the test begins.

2. この問題用紙を持ち帰ることはできません。
   Do not take this question booklet with you after the test.

3. 受験番号と名前を下の欄に、受験票と同じようにはっきりと書いてください。
   Write your registration number and name clearly in each box below as written on your test voucher.

4. この問題用紙は、全部で16ページあります。
   This question booklet has 16 pages.

5. 問題には解答番号の①、②、③…が付いています。解答は、解答用紙にある同じ番号の解答欄にマークしてください。
   One of the row numbers①,②,③…is given for each question. Mark your answer in the same row of the answersheet.

受験番号　Examinee Registration Number	

名前　Name	

N5

ちょうかい かいとうようし
聴解　解答用紙

受験　番号
Examinee Registration
Number

名　前
Name

〈 ちゅうい Notes 〉

1. くろいえんぴつ (HB、No.2) で
   かいてください。
   Use a black medium soft
   (HB or NO.2) pencil.

2. かきなおすときは、けしゴムで
   きれいにけしてください。
   Erase any unintended marks
   completely.

3. きたなくしたり、おったりしない
   でください。
   Do not soil or bend this sheet.

4. マークれい Marking examples

よい Correct	わるい Incorrect
●	⊗ ◯ ◓ ◑ ◐ ⊘ ⊖

もんだい 1

1	①	②	③	④
2	①	②	③	④
3	①	②	③	④
4	①	②	③	④
5	①	②	③	④
6	①	②	③	④
7	①	②	③	④

もんだい 2

8	①	②	③	④
9	①	②	③	④
10	①	②	③	④
11	①	②	③	④
12	①	②	③	④
13	①	②	③	④

もんだい 3

14	①	②	③
15	①	②	③
16	①	②	③
17	①	②	③
18	①	②	③

もんだい 4

19	①	②	③
20	①	②	③
21	①	②	③
22	①	②	③
23	①	②	③
24	①	②	③

聽解

もんだい1

もんだい1では、はじめに　しつもんを　きいて　ください。それから　はなしを
きいて、もんだいようしの　1から4の　なかから、いちばん　いい　ものを　ひとつ
えらんで　ください。

1ばん　▶MP3-49

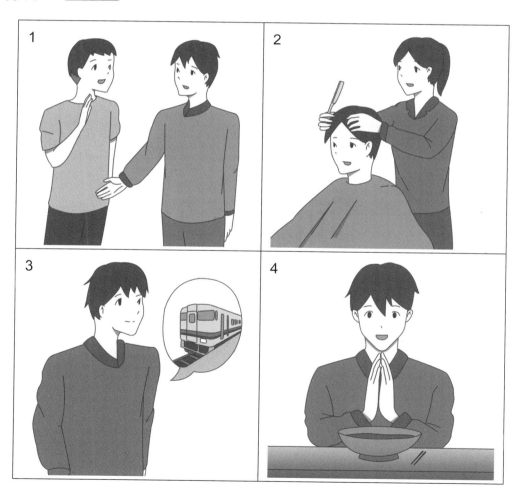

2ばん ▶MP3-50

3ばん ▶MP3-51

4ばん ▶MP3-52

1. 2しゅうかん～4しゅうかんぐらい

2. 1000円 ^{えん}

3. 2300円 ^{えん}

4. 3300円 ^{えん}

5ばん ▶MP3-53

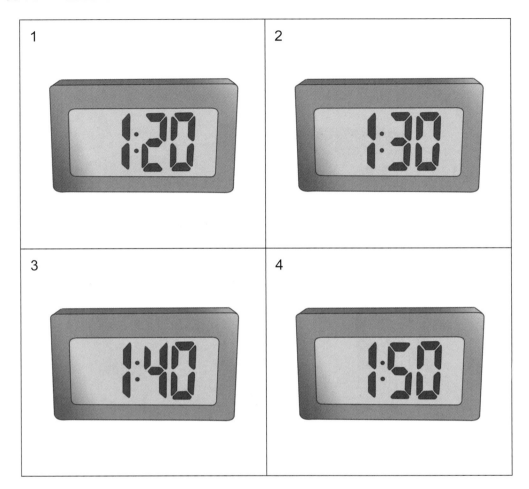

6ばん ▶MP3-54

1 赤　（カプセル×2） 白　（白い円）	2 赤　（カプセル×2） 青　（青い錠剤×1）
3 赤　（カプセル×1）　青　（青い錠剤×1） 白　（白い円）	4 赤　（カプセル×1） 青　（青い錠剤×4）

7ばん ▶MP3-55

もんだい2

もんだい2では、はじめに　しつもんを　きいて　ください。それから、はなしを
きいて、もんだいようしの　1から4の　なかから、いちばん　いい　ものを　ひとつ
えらんで　ください。

8ばん　▶MP3-56

1.　149ページ　　2.　151ページ

3.　152ページ　　4.　147ページ

9ばん　▶MP3-57

10ばん ▶MP3-58

1. おべんとうを　もって　くるのを　わすれましたから。

2. かいぎが　ありますから。

3. からだの　ちょうしが　わるいですから。

4. びょういんに　おかあさんを　つれて　いかなければ
   なりませんから。

11ばん ▶MP3-59

12ばん ▶MP3-60

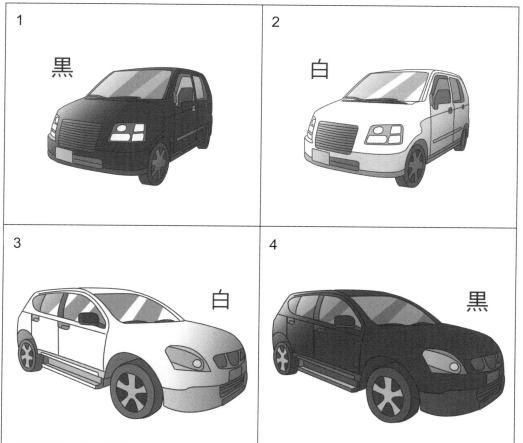

13ばん　▶MP3-61

もんだい3

もんだい3では、はじめに　しつもんを　きいて　ください。→（やじるし）のひ
とは　なんと　いいますか。1から3の　なかから、いちばん　いい　ものを　ひとつ
えらんで　ください。

14ばん　▶MP3-62

17ばん ▶MP3-65

もんだい4

もんだい4は、えなどが　ありません。ぶんを　きいて、1から3の　なかから、いちばん　いい　ものを　ひとつ　えらんで　ください。

－メモ－

19ばん　　▶MP3-67

20ばん　　▶MP3-68

21ばん　　▶MP3-69

22ばん　　▶MP3-70

23ばん　　▶MP3-71

24ばん　　▶MP3-72

完全解析
（解答、原文＋中譯＋解說）

言語知識（文字・語彙）

解答

問題1

1	2	3	4	5	6
4	2	1	3	4	1
7	8	9	10	11	12
3	2	4	2	3	1

問題2

13	14	15	16
4	3	1	4
17	18	19	20
2	3	1	4

問題3

21	22	23	24	25
1	3	2	4	3
26	27	28	29	30
1	4	4	2	1

問題4

31	32	33	34	35
2	1	3	1	2

原文＋中譯＋解說

問題 1

1. このビルの<ruby>北<rt>きた</rt></ruby>に<ruby>駅<rt>えき</rt></ruby>があります。 這幢建築物的北方有車站。

解說

「北」的讀音唸作「きた」。「北海道」的「北」唸作「ほっ」。

參考：1 <ruby>南<rt>みなみ</rt></ruby>（南）　2 <ruby>東<rt>ひがし</rt></ruby>（東）　3 <ruby>西<rt>にし</rt></ruby>（西）

答案：4

---

2. <ruby>今八千円<rt>いまはっせんえん</rt></ruby>しかありません。 現在只有八千日圓。

解說

「八」的讀音唸作「はち」，但是「八千」的讀音會變成促音「はっ（せん）」。還有，「八百」的讀音會變成「はっ（ぴゃく）」。

答案：2

---

3. <ruby>図書館<rt>としょかん</rt></ruby>の<ruby>隣<rt>となり</rt></ruby>は<ruby>病院<rt>びょういん</rt></ruby>です。 圖書館的隔壁是醫院。

解說

「隣」的讀音唸作「となり」。

參考：2 <ruby>左<rt>ひだり</rt></ruby>（左）　3 <ruby>向<rt>む</rt></ruby>かい（對面）　4 <ruby>後<rt>うし</rt></ruby>ろ（後面）

答案：1

4. 　<ruby>毎年<rt>まいとし</rt></ruby><ruby>日本<rt>にほん</rt></ruby>から<ruby>友達<rt>ともだち</rt></ruby>が<ruby>来<rt>き</rt></ruby>ます。 每年都有來自日本的朋友。

解説

「毎年」的讀音唸作「まいとし」。或者，也可以唸成「まいねん」。

參考：1　<ruby>毎日<rt>まいにち</rt></ruby>（每天）　2　「めいねん」是與中文發音相近的唸法，所以不對

　　　　4　<ruby>毎月<rt>まいげつ</rt></ruby>（每月）

答案：3

5. 　<ruby>日曜日<rt>にちよう び</rt></ruby><ruby>山<rt>やま</rt></ruby>へ<ruby>行<rt>い</rt></ruby>きます。 星期天要去山上。

解説

「山」的讀音唸作「やま」。還有，也可以唸作「さん」。

參考：1　<ruby>海<rt>うみ</rt></ruby>（海）　2　<ruby>川<rt>かわ</rt></ruby>（河川）　3　<ruby>町<rt>まち</rt></ruby>（城鎮）

答案：4

6. 　<ruby>今日<rt>きょう</rt></ruby>は<ruby>九日<rt>ここのか</rt></ruby>です。 今天是九號。

解説

「九」的讀音唸成「きゅう」或「く」，但是如果是「九日」的話，讀音就會變成「ここのか」，這是特別的讀法，要記起來喔！

答案：1

---

7. 犬が<u>三匹</u>います。有三隻狗。

解說

「三匹」的讀音唸成「さんびき」。根據前面的數字，讀音會跟著改變，要注意喔！

ひき	二匹	にひき	四匹	よんひき
	五匹	ごひき	七匹	ななひき
	九匹	きゅうひき		
びき	三匹	さんびき	何匹	なんびき
ぴき	一匹	いっぴき	六匹	ろっぴき
	八匹	はっぴき	十匹	じゅっぴき

一匹	いっぴき	二匹	にひき	三匹	さんびき
四匹	よんひき	五匹	ごひき	六匹	ろっぴき
七匹	ななひき	八匹	はっぴき	九匹	きゅうひき
十匹	じゅっぴき				

答案：3

---

8. <u>電車</u>で学校へ行きます。搭電車去學校。

解說

「電車」的讀音唸成「でんしゃ」，要把拗音記起來。還有，並不會變成長音。
「車」的讀音唸作「くるま」。

答案：2

---

9. <u>辞書</u>を取ってください。請幫我拿字典。

解說

「辞書」的讀音唸作「じしょ」，並不是長音「じしょう」，要多加注意。「書」的
讀音也唸作「書く」（寫）。

答案：4

---

10. <ruby>姉<rt>あね</rt></ruby>は<ruby>今２０歳<rt>いまにじゅっさい</rt></ruby>です。姉姉現在二十歲。

解說

「姉」的讀音唸作「あね」，「お姉さん」的「姉」唸作「ねえ」。

參考：1　<ruby>母<rt>はは</rt></ruby>（母親）　3　<ruby>兄<rt>あに</rt></ruby>（哥哥）　4　<ruby>父<rt>ちち</rt></ruby>（父親）

答案：2

---

11. ちょっと<ruby>頭<rt>あたま</rt></ruby>が<ruby>痛<rt>いた</rt></ruby>いです。頭有點痛。

解說

「頭」的讀音唸作「あたま」。「た」的讀音不是濁音的「だ」。

答案：3

---

12. <ruby>私<rt>わたし</rt></ruby>の<ruby>父<rt>ちち</rt></ruby>は<ruby>教師<rt>きょうし</rt></ruby>です。我的父親是老師。

解說

「教師」的讀音唸作「きょうし」。「教」是長音「きょう」，另外也唸成「<ruby>教<rt>おし</rt></ruby>える」（教）。

參考：2　<ruby>先生<rt>せんせい</rt></ruby>（老師）　3　<ruby>教室<rt>きょうしつ</rt></ruby>（教室）

　　　 4　沒有「う」就不能成為長音，所以不對

答案：1

13. 最近雨が<u>少ない</u>です。最近很少下雨。

解說

「少ない」（少的）的讀音唸作「<u>すく</u>ない」，反義詞是「多い」（多的），「少ない」跟「小さい」（小的）意思有點相近，不要搞錯了。

參考：1　小さい（小的）　2　（無此單字）　3　（無此單字）

答案：4

---

14. 父に<u>ネクタイ</u>をあげました。給了爸爸領帶。

解說

「ク」跟「タ」很像，要注意。

答案：3

---

15. 新しいカレンダーに<u>変</u>えました。換了新的日曆。

解說

所有選項全部都是從「か」開始的動詞，要小心區別。

參考：1　変える（變更）　2　買う（買）　3　貸す（借出）　4　借りる（借入）

答案：1

---

16. 分からない問題を先生に<u>聞</u>きます。不懂的問題會問老師。

解說

「ききます」寫成「<u>聞</u>きます」，所有選項的漢字都是由「門」所構成，因為都很像，所以要注意。

答案：4

17. この部屋はとても広いです。這個房間非常大。

解說

「ひろい」（寬闊的）寫成「広い」，「黒い」（黑的）、「白い」（白的）的唸法很相似。「広い」的反義詞是「狭い」（狹窄的）。

參考：1　黒い（黑的）　　3　狭い（狹窄的）　　4　白い（白色的）

答案：2

---

18. 道に迷いました。迷路了。

解說

由於漢字的偏旁「辶」都長得很類似，要注意。

答案：3

---

19. あの女の人は私の母です。那個女人是我的媽媽。

解說

「女」的讀音唸作「おんな」。因為女字旁的漢字有很多，要記得。

答案：1

---

20. コップが割れました。杯子打破了。

解說

因為「コ」和「ユ」長得很相似，而「プ」和「ペ」除了長得很像之外，發音也很像，要注意。

答案：4

問題 3

21. （いつか）結婚^{けっこん}したいです。 總有一天想要結婚。

解說

因為有「結婚^{けっこん}したい」（想結婚），所以要選「いつか」（總有一天）。

參考：2　いつ（何時）　3　いつまで（到何時）　4　いつが（什麼時候）

答案：1

---

22. 学校^{がっこう}まで（どうやって）行^いきますか。 你是如何去學校的？

解說

因為知道是要問怎麼去，所以詢問「方法」、「做法」會用「どうやって」。

參考：1　いかか（怎麼樣）　2　どんなで（如何用）　4　なにか（有什麼……？）

答案：3

---

23. このかばんはポケットがたくさんあって、（便利^{べんり}）です。

這個包包有很多口袋，很方便。

解說

「ポケットがたくさん付^ついている」（有很多口袋），也就是説，可以知道接續的字為「方便」。

參考：1　安^{やす}い（便宜的）　3　安全^{あんぜん}（安全）　4　太^{ふと}い（粗的）

答案：2

24. ノートを5（冊）買いました。買了五本筆記本。

解說

筆記本用數量詞「冊」。

參考：1　枚（張；薄的東西）　2　本（條；細長物品）

　　　3　台（台；用在車輪、機械等等）

答案：4

---

25. 昨日、友達から（借りた）本を返しました。昨天把跟朋友借的書還給他了。

解說

因為有「友達から」（來自朋友）、「返します」（歸還），所以答案要選「借りた」（借來的）。而且因為是「昨日」（昨天），所以用過去式。

參考：1　貸した（借給別人）　2　かかる（花費）

　　　4　借りる（「借」的現在式）

答案：3

---

26. 封筒に８０円の切手を（貼ります）。信封上要貼八十日圓的郵票。

解說

因為有「封筒に」（信封上），所以答案要選「切手を（貼ります）」（貼郵票）。

參考：2　切ります（剪）　3　持ちます（拿）　4　入ります（放入）

答案：1

---

27. このスカートはとても（短かい）です。這件裙子非常短。

解說

要形容「スカート」（裙子）的話，用「短い」（短的）比較好。

參考：1　少ない（少的）　2　にぎやか（熱鬧的）　3　涼しい（涼爽的）

答案：4

---

28. もう夕方ですから、だんだん（暗く）なりましたね。

因為已經傍晚了，所以漸漸變暗了呢。

解說

因為是「夕方」（傍晚），所以可知是用「暗く；原形為「暗い」」（暗的）來對應比較適合。

參考：1　黒く（黑色；原形為「黒い」）　2　辛く（辛苦；原形為「辛い」）

3　まずく（難吃；原形為「まずい」）

答案：4

---

29. 家の中では（スリッパ）を履いてください。在家裡請穿拖鞋。

解說

因為有「履いてください」（請穿），所以答案要選「スリッパ」（拖鞋）。

參考：1　サッカー（足球）　3　パソコン（個人電腦）　4　ナイフ（刀子）

答案：2

---

30. この道を（まっすぐ）行ってください。請直走這條道路。

解說

因為有「行ってください」（請走），所以相對答案為「まっすぐ」（直直地）。

參考：2　もう（已經）　3　だけ（只有）　4　きっと（一定）

答案：1

31. 外は明るいです。外面很明亮。

   1 空は赤いです。天空是紅色的。

   2 もう朝です。已經早上了。

   3 電気がついています。電燈是開著的。

   4 色がとてもきれいです。顏色非常漂亮。

解說

「外」是表現家裡外面的樣子，因為題目是「明るい」（明亮的），所以要選2。此外，「明るい」和選項1的「赤い」（紅色的）沒有關聯，所以錯誤。而因為是在外面，所以選項3的「電気がついています」（電燈是開著的）很奇怪。最後，選項4的「色がとてもきれいです」（顏色非常漂亮），在題目中並沒有提到。

答案：2

---

32. これから泳ぎに行きます。等一下要去游泳。

   1 今からプールへ行きます。等一下要去游泳池。

   2 それからビールを飲みに行きます。然後要去喝啤酒。

   3 これからスーパーへ行きます。等一下要去超市。

   4 これからスプーンを使います。等一下要用湯匙。

解說

「これから」（接下來）和「今から」（接下來）是同一個意思，而「泳ぎに行きます」（去游泳）和「プールへ行く」（去游泳池）有關聯，所以答案是1。另外，選項2的「それから」是「然後」的意思，所以很奇怪。而選項3的「スーパー」（超市）跟選項4的「スプーンを使います」（用湯匙）和題目完全沒有關聯，所以錯誤。

答案：1

33. 今朝はコーヒーしか飲みませんでした。今天早上我只喝了咖啡。

  1　今日の朝はコーヒーを飲みませんでした。今天早上沒有喝咖啡。
  2　毎朝コーヒーを飲んでいます。每天早上都會喝咖啡。
  3　今日の朝コーヒーだけ飲みました。今天早上只喝了咖啡。
  4　朝コーヒーしかありませんでした。早上只有咖啡。

解說

「今朝」就是「今日の朝」（今天早上）的意思，因為「しか＋否定」＝「だけ」（只有），所以選項3的「今日の朝コーヒーだけ飲みました。」為答案。選項1「飲みませんでした」（沒有喝）是否定的意思，所以錯誤。而題目的「今朝」（今天早上）不是選項2「毎朝」（每天早上）的意思，所以錯誤。至於選項4，因為沒有提到「飲む」（喝）這個動作，所以錯誤。

答案：3

34. もうすぐ二十歳になります。馬上就要二十歲了。

  1　まだ二十歳ではありません。還沒有二十歲。
  2　もう二十歳になりました。已經二十歲了。
  3　今誕生日です。今天是生日。
  4　今はもう二十歳です。現在已經二十歲了。

解說

題目中「もうすぐ二十歳になります」（馬上就要二十歲了）也就是說現在是19歲，所以要選選項1的「まだ二十歳ではありません。」（還沒有二十歲）。選項2的「もう」是「已經」的意思，因為已經二十歲了，所以不能選。題目中的「もうすぐ」意思是「快要」，所以不能選選項3的「今」（現在）。選項4的「今はもう」（現在已經），因為已經是二十歲了，所以意思是錯的。

答案：1

35. <ruby>宿題<rt>しゅくだい</rt></ruby>ができました。作業做完了。

   1 <ruby>宿題<rt>しゅくだい</rt></ruby>は<ruby>簡単<rt>かんたん</rt></ruby>です。作業很簡單。

   2 <ruby>宿題<rt>しゅくだい</rt></ruby>が<ruby>終<rt>お</rt></ruby>わりました。做完作業了。

   3 <ruby>宿題<rt>しゅくだい</rt></ruby>と<ruby>書<rt>か</rt></ruby>くことができました。知道怎麼寫「宿題」了。

   4 <ruby>宿題<rt>しゅくだい</rt></ruby>がたくさんありました。有很多作業。

解說

因為「できました」就是「完成」的意思，所以選項2的「<ruby>終<rt>お</rt></ruby>わりました」（完成了）比較好。選項1和4的意思和題目無關，所以錯誤。選項3因為「できました」有「能夠」的意思在裡面，不是「做完」的意思，所以錯誤。

答案：2

言語知識（文法）‧ 讀解

解答

問題 1

1	2	3	4	5	6	7	8
3	2	4	4	4	2	1	3
9	10	11	12	13	14	15	16
3	3	3	1	2	3	1	2

問題 2

17	18	19	20	21
2	2	4	2	1

問題 3

22	23	24	25	26
4	3	1	2	1

問題 4

27	28	29
2	2	4

問題 5

30	31
3	2

問題 6

32
3

原文＋中譯＋解說

問題 1

1. 夏休み一人（で）旅行に行きます。 一個人在暑假時去旅行。

解說

「で」是用來限定「名詞」和「範圍」的表現，所以這一題表示進行「旅行に行く」
（去旅行）的主語的範圍。

答案：3

---

2. 父はあまりお酒を（飲みません）。 爸爸不太喝酒。

解說

請記住「あまり＋否定形」（不太……）這句型，「あまり」的後面一定要接續否定
型態。

答案：2

---

3. 車を（綺麗に）洗いました。 把車洗得很乾淨。

解說

因為「洗いました」（洗了）的前面不可直接使用な形容詞，所以要把な形容詞加上
に轉換成副詞，用來修飾後面的動詞。請記住「な形容詞＋に＋動詞」吧。另外，需
要注意「綺麗」（乾淨）不是い形容詞而是な形容詞。

答案：4

---

4. この猫は何（と）いう名前ですか。 這隻貓叫什麼名字呢？

解說

「AというB」的型態，是用來說明「B的名字」時會用到的表現。而A，大多是說話者和聽話者之間都不知道的詞語。

答案：4

---

5. 危ないですから、ここで（遊ばないで）ください。

因為很危險，所以請不要在這裡玩。

解說

因為「危ないですから」（因為很危險）這個理由，所以後面要用表示「請不要」的「〜ないでください」。這個文型用到的是「動詞的ない形」。

答案：4

---

6. 字をもう少し（大きく）書きましょう。 把字再稍微寫大一點吧。

解說

為了要修飾「書きましょう」（寫吧），所以要將い形容詞「大きい」（大的）的語尾「い」變成「く」，也就是轉換成副詞。請記住「い形容詞（去い）＋く＋動詞」的文型吧。

答案：2

---

7. ドア（が）開きません。 不開門。

解說

因為「開きます」是自動詞，所以主詞會變成「が」。

答案：1

---

8. これは去年先生と（撮った）写真です。

這是去年和老師拍的照片。

解說

使用動詞修飾「写真」（照片）這一個名詞時，要將名詞前的動詞轉換為動詞普通形。此外，因為是在講述過去的經驗，所以要使用「撮った」這樣的過去式，也就是「た形」。

答案：3

---

9. 姉の料理は（おいしくないです）。姊姊做的料理不好吃。

解說

「おいしい」（好吃的）是い形容詞，い形容詞的否定是「い形容詞（去い）くないです（くありません）」。

答案：3

---

10. 部屋（の）掃除は私の仕事です。打掃房間是我的工作。

解說

因為「部屋」（房間）、「掃除」（打掃）這兩個都是名詞，所以這兩個單字要用「の」做連接。

答案：3

---

11. 壁にカレンダーが貼って（あります）。牆壁上貼著日曆。

解說

請記住「～が＋他動詞的て形＋あります」這個文型吧！因為前面是【～が＋他動詞「貼ります」的て形「貼って」】，所以知道後面要接續「あります」。

答案：3

---

12. いつも（寝る）前に、日記を書きます。 總是在睡前寫日記。

解説

「前に」（在～之前）的前面是動詞的時候，要使用動詞原形（辭書形）。

答案：1

---

13. （どの）人がお父さんですか。 哪個人是你爸爸呢？

解説

在三個以上的選項從中選一個時，會變成像「どの＋名詞」這樣，而「どの」（哪個）的後面必定是接續名詞。

答案：2

---

14. 電車の中にかばん（を）忘れました。 把包包忘在電車裡。

解説

使用助詞「を」，表示「忘れる」（忘記）這個他動詞的目的語是「かばん」（包包）。

答案：3

---

15. 早く（結婚し）たいです。 想快點結婚。

解説

表示希望的「～たい」前，動詞需要用ます形來接續。

答案：1

---

16. ノートを3（冊）買いました。 買了三本筆記本。

解説

「ノート」（筆記本）的量詞是使用「冊」。

答案：2

17. あとで　<ruby>会議<rt>かい ぎ</rt></ruby>が　ありますから、　<ruby>電気<rt>でん き</rt></ruby>が　つけてあります。
★

等等因為有會議，所以開著電燈。

解説

請記住「～が＋他動詞的て形＋あります」的文型吧。如此一來，就知道此題的結構是【～が＋他動詞「つけます」的て形「つけて」＋「あります」】。

答案：2

---

18. この　<ruby>近く<rt>ちか</rt></ruby>　で　<ruby>花見<rt>はな み</rt></ruby>　を　しませんか。　要不要在這附近賞花呢？
★

解説

當「この＋名詞」時，「で」表示「<ruby>花見<rt>はな み</rt></ruby>をします」（賞花）這個動作進行的場所，也就是「場所＋で＋動作」。記得「賞花」是「<ruby>花見<rt>はな み</rt></ruby>をする」。

答案：2

---

19. この　<ruby>辺は<rt>へん</rt></ruby>　<ruby>静<rt>しず</rt></ruby>かで、　<ruby>便利<rt>べん り</rt></ruby>　な　<ruby>所<rt>ところ</rt></ruby>です。　這附近是個安靜又便利的地方。
★

解説

當兩個な形容詞同時並列，前面的な形容詞的「な」要變成「で」，成為「な形容詞＋で＋形容詞」的型態。另外，な形容詞後面要接續名詞時，會變成「<ruby>便利<rt>べん り</rt></ruby>＋な＋<ruby>所<rt>ところ</rt></ruby>」這樣的「な形容詞＋な＋名詞」的型態。

答案：4

20. 今日は　暇で　何も　やる　ことが　ありません。
　　　　　　★

今天閒閒地，沒有要做的事。

解說

使用「疑問詞＋も＋否定」的型態時，會變成「何＋も＋～ありません」。另外，用動詞修飾名詞「こと」時，要使用普通形「やる」（這裡的原形（辭書形）是用來表示未來動作）。

答案：2

---

21. ご飯を　作って　掃除　して　から　出かけます。煮飯打掃完後出門。
　　　　　　　　　　　　　　★

解說

要接續好幾個動詞的時候，會使用動詞「て形」。另外會用「動詞て形＋から」來強調動詞發生的順序。

答案：1

（1）

　　昔の日本人のお父さんはとても厳しい人が（22.　多かったです）。私の父も厳しい人でした。今はもう８０歳で、年を取りましたから、（23.　あまり）怒らなくなりましたが、（24.　今でも）私は父が怖いです。

翻譯

日本以前嚴格的父親非常多。我的父親以前也很嚴格。雖然現在已經八十歲，有了年紀，不太生氣了，但我現在還是會怕父親。

解說

22.

い形容詞「多い」（多的）的過去式是「多い＋かった」，也就是「多かった」。

答案：4

23.

後面的「怒らなくなりました」（變得不生氣）有否定的意思，所以使用「あまり＋否定」（不太……）的型態。

答案：3

24.

「怒らなくなりましたが」（雖然不太生氣了）的「が」（但是）使用逆接接續，所以最適當的選項是「いまでも」（現在還是會）。

答案：1

（2）

　　私は料理が大好きです。週末、時間があるとき、私がご飯を作ります。家族は
みんな私の（25.　作る）料理が（26.　おいしい）と言います。家族が喜ぶ顔を見
て、私も嬉しいです。

翻譯

我非常喜歡料理。週末，有時間的時候，我會做飯。家人大家都説我做的料理很好
吃。看到家人愉悦的表情，我也很開心。

解說

25.

動詞修飾名詞「料理」（料理）時，要使用普通體。

答案：2

26.

從「料理」（料理）、「喜ぶ顔」（愉悦的表情）、「嬉しい」（很開心）可以得
知，「おいしい」（好吃的）是適合的答案。

答案：1

（1）

昼コンビニでジュースとパンを２つ買いました。友達からコーヒーとりんごをもらいました。友達はコーヒーだけでしたから、パンを１つあげました。そして、公園で食べました。

翻譯

中午在便利商店買了果汁和兩個麵包。從朋友那邊得到了咖啡和蘋果。因為朋友只有咖啡，所以給了他一個麵包。然後，在公園吃了。

27. 友達は公園で何を食べましたか。

　　1　ジュースとパンを２つ　　　　　　2　コーヒーとパンを１つ
　　3　コーヒーとりんご　　　　　　4　コーヒーとりんごとパンを１つ

翻譯

朋友在公園吃了什麼呢？

1　果汁和兩個麵包　　　　2　咖啡和一個麵包
3　咖啡和蘋果　　　　4　咖啡和蘋果和一個麵包

解說

不是在問「私」（我），而是在詢問「友達」（朋友）吃了什麼。原本朋友「コーヒーだけ」（只有咖啡），所以「私はパンを１つあげました」（我給了朋友一個麵包），因此答案是「コーヒーとパンを１つ」（咖啡和一個麵包）。

答案：2

(2)

明後日（あさって）はクリスマスです。五日（いつか）前（まえ）に彼女（かのじょ）にあげるプレゼントを買（か）いました。明日（あした）はクリスマスカードを書（か）きます。クリスマスが楽（たの）しみです。

翻譯

後天是聖誕節。五天前買了要給女朋友的禮物。明天要寫聖誕節卡片。我很期待聖誕節。

28. この人（ひと）はいつプレゼントを買（か）いましたか。

1　１６日（じゅうろくにち）　2　１８日（じゅうはちにち）　3　20日（はつか）　4　２５日（にじゅうごにち）

翻譯

這個人什麼時候買禮物的呢？

1　16日　2　18日　3　20日　4　25日

解説

「明後日（あさって）はクリスマス」（後天是聖誕節），也就是説，後天是「１２月２５日（じゅうにがつにじゅうごにち）」（12月25日）。如此一來，今天就是「２３日（にじゅうさんにち）」（23日）。而「五日前に買いました（いつかまえにかいました）」（五天前買了），所以知道答案是「１８日（じゅうはちにち）」（18日）。

答案：2

(3)

妹と友達とデパートへ行きました。妹と友達はかばんを買いました。それと同じ物を私も使っています。私は母の誕生日にあげる靴下とかばんを買いました。

翻譯

妹妹和朋友一起去了百貨公司。妹妹和朋友買了包包。我也在使用和那個一樣的包包。我則買了要在媽媽生日時送她的襪子和包包。

29. この人と同じかばんを使っている人は誰ですか。

    1　妹の友達　　　2　この人のお母さん
    3　友達　　　　　4　妹と友達

翻譯

這個人和誰使用同樣的包包呢？

1　妹妹的朋友　2　這個人的媽媽　3　朋友　4　妹妹和朋友

解說

因為「妹と友達はかばんを買いました」（妹妹和朋友買了包包），還有「それと同じ物を私も使っています」（我也在使用和那個一樣的包包），所以馬上知道答案。

答案：4

問題 5

　私は家の近くのコンビニでアルバイトをしています。月曜日、水曜日、木曜日と週末です。月曜日、水曜日、木曜日は学校が終わってから、働きます。週末は午前9時から午後5時までです。でも、週末店が忙しいときはときどき10時間ぐらい働きます。仕事は大変ですが、店の人は皆いい人ですから、楽しいです。

翻譯

我在家裡附近的便利商店打工。星期一、星期三、星期四，還有週末。星期一、星期三、星期四是學校放學後工作。週末是早上九點開始到下午五點為止。但是，週末店忙的時候，偶爾會工作十個小時左右。雖然工作很辛苦，但是店裡的人大家都很好，所以很快樂。

30. この人は1週間に何回働きますか。

　　1　3回　2　4回　3　5回　4　6回

翻譯

這個人一個星期打工幾次呢？

1　三次　2　四次　3　五次　4　六次

解說

因為打工是「月曜日」（星期一）、「水曜日」（星期三）、「木曜日」（星期四）、「週末」（星期六＋星期日），所以是五次。

答案：3

183

31. 土曜日はたいてい何時間働きますか。

　　1　7時間　　2　8時間　　3　9時間　　4　10時間

星期六打工大約幾個小時呢？

1　七個小時　　2　八個小時　　3　九個小時　　4　十個小時

解說

因為「週末は午前9時から午後5時までです。」（週末是早上九點開始到下午五點為止。），所以星期六大致上工作八小時。

答案：2

ダンスを習いにダンス教室へ行きたいです。学校からダンス教室まで自転車で20分かかります。ダンスのレッスンは1時間半です。

時間割

	月	火	水	木	金	土	日
8:00		授業	授業		授業		
10:00	授業		授業	授業	授業	授業	アルバイト
12:00							
1:00							
3:00		授業		授業			アルバイト
5:00			授業				

ダンス教室

	月	火	水	木	金	土	日
9:00	休み	休み	休み	レッスン	レッスン		
10:30	休み	レッスン	休み	レッスン	休み	休	
12:00							
1:00	休み	レッスン	休み	休み	レッスン	館	
2:30	休み	休み	レッスン	休み	休み		
4:00							

為了要學跳舞想去舞蹈教室。從學校騎腳踏車到舞蹈教室要花二十分鐘。舞蹈課程是一個半小時。

時間表

	一	二	三	四	五	六	日
8:00		上課	上課		上課		
10:00	上課		上課	上課	上課	上課	打工
12:00 1:00							
3:00		上課	上課	上課			打工
5:00							

舞蹈教室

	一	二	三	四	五	六	日
9:00	休	休	休	上課	上課		
10:30	休	上課		上課	休	休	
12:00 1:00	休	上課	休	休	上課		館
2:30		休	上課		休		
4:00							

32. いつ行くことができますか。

    1 火曜日と木曜日
    2 水曜日と月曜日
    3 火曜日と金曜日
    4 水曜日と木曜日

翻譯

32. 什麼時候能去？

    1 星期二跟星期四

    2 星期三跟星期一

    3 星期二跟星期五

    4 星期三跟星期四

答案：3

第1回

聴解

解答

問題 1

1	2	3	4	5	6	7
2	3	2	4	1	1	4

問題 2

8	9	10	11	12	13
4	3	2	4	3	2

問題 3

14	15	16	17	18
3	1	1	3	2

問題 4

19	20	21	22	23	24
3	1	2	3	1	2

原文＋翻譯

問題 1

1ばん ▶MP3-01

男の人と女の人が話をしています。男の人はこのあとどうしますか。

F： 外は雨だよ。かばんに傘、入れておくね。

M： ありがとう。じゃ、行ってきます。今日は、晩御飯、食べてから帰ってくるから。

F： 分かった。じゃ、私も友達とご飯、食べてから帰ってくるよ。あれ、この手紙は？

M： ああ、忘れていた。会社に行く前に、これをポストに入れないと。

翻譯

第1題

男人跟女人正在講話。男人接下來要做什麼呢？

F： 外面在下雨喔！我先把雨傘放進包包喔。

M： 謝謝。那我出門了。今天，晚餐吃完才回來喔。

F： 了解。那麼，我也跟朋友吃完飯再回來喔！欸？這封信是？

M： 啊！我都忘了。去公司前，一定要投進郵筒才行！

答案：2

2ばん ▶MP3-02

男の人と女の人が話をしています。このあと女の人は何をしますか。

F： 今日は天気がいいから、洗濯して、それから一緒に散歩に行かない？

M： でも、その前に、お母さんに電話したいなあ。今日はお母さんの誕生日だから。

F： いいよ。じゃ、あとでプレゼントを買って、お母さんに会いに行かない？

M： それは、いいね。じゃ、洗濯お願いね。

翻譯

第2題

男人跟女人正在講話。女人接下來要做什麼呢？

F： 今天天氣真好，等等洗完衣服，要不要一起去散個步？

M： 但是，在那之前，想先打個電話給媽媽。因為今天是媽媽的生日。

F： 好啊！那等等先去買禮物，然後再去看媽媽呢？

M： 那樣，真不錯。那麼，洗衣服就麻煩妳了喔！

答案：3

3ばん ▶MP3-03

クラスで先生が話をしています。学生は明日最初に何をしますか。

M： 明後日、私たちの学校に日本の高校生が遊びに来ます。明日、皆さんは朝、日本の高校生に見せるダンスと歌を練習してください。でも、先に日本語で自己紹介を練習してからにしてくださいね。私はこれから日本の高校生にあげるプレゼントを買いに行きます。あっ、それから、明後日は朝9時までに遅れないで、教室に来てくださいね。

翻譯

第3題

課堂中老師正在講話。學生明天要先做什麼呢？

M： 後天，我們學校會有日本高中生來訪。明天，請大家早上練習要獻給日本高中生的舞蹈及歌曲。但是，請先練習日文自我介紹之後再做喔。我現在要去買送給日本高中生的禮物。啊，然後，後天早上9點之前要到教室，請勿遲到。

答案：2

4ばん ▶MP3-04

男の人と女の人がレストランで話をしています。二人は何を注文しますか。

M： ああ、お腹、すいたよ。今日はラーメンかカレーライスが食べたいな。

F： いいね。ここのラーメンはおいしいよね。それから、ピザも有名だよ。でも、
もうすぐ食事の時間だよね。

M： そうだね。じゃ、飲み物だけにする？

F： そうしようか。あー、ピザ、食べたかったなあ。

翻譯

第4題

男人跟女人正在餐廳裡講話。兩個人要點什麼呢？

M： 啊～，肚子好餓喔。今天想吃拉麵跟咖哩飯啊。

F： 不錯啊！這裡的拉麵很好吃吧。然後，披薩也很有名喔。不過，也差不多吃飯時
間了吧！

M： 對耶。那麼，只點飲料好嗎？

F： 就那樣吧！啊～，好想吃披薩啊。

答案：4

5ばん ▶MP3-05

店<ruby>みせ<rt></rt></ruby>で男<ruby>おとこ<rt></rt></ruby>の人<ruby>ひと<rt></rt></ruby>と店員<ruby>てんいん<rt></rt></ruby>が話<ruby>はなし<rt></rt></ruby>をしています。男<ruby>おとこ<rt></rt></ruby>の人<ruby>ひと<rt></rt></ruby>は、どの傘<ruby>かさ<rt></rt></ruby>を買<ruby>か<rt></rt></ruby>いますか。

M： 丈夫<ruby>じょうぶ<rt></rt></ruby>な傘<ruby>かさ<rt></rt></ruby>がほしいな。

F： じゃ、この黒<ruby>くろ<rt></rt></ruby>くて、大<ruby>おお<rt></rt></ruby>きいのはどう？この小<ruby>ちい<rt></rt></ruby>さいのよりいいと思<ruby>おも<rt></rt></ruby>うよ。

M： そうだね。でも、かばんに入<ruby>はい<rt></rt></ruby>らないよ。それから、色<ruby>いろ<rt></rt></ruby>もちょっと……。

F： じゃ、この小<ruby>ちい<rt></rt></ruby>さいのにする？赤<ruby>あか<rt></rt></ruby>いのもあるよ。

M： そうだね。でも、やっぱり、丈夫<ruby>じょうぶ<rt></rt></ruby>な傘<ruby>かさ<rt></rt></ruby>がいいから、これを買<ruby>か<rt></rt></ruby>うよ。

翻譯

第5題

店裡男人正在跟店員對話。男人，要買哪一把傘呢？

M： 想找一把堅固的傘啊。

F： 那麼，這把黑色、大的傘如何？感覺比這把小的好喔。

M： 對耶。但是，包包會放不下耶。而且，顏色也有點……。

F： 那麼，就決定這把小的呢？也有紅色的喔！

M： 這樣呀。但是，還是堅固的傘好，就買這把好了。

答案：1

6ばん ▶MP3-06

男の人と女の人が電話で話をしています。明日二人は何時に会いますか。

M： 明日の映画は何時ですか。

F： 12時と2時にありますけど、何時のがいいですか。

M： じゃ、お昼ご飯を食べてから見ませんか。

F： そうですね、じゃ、12時15分前に駅で会いましょうか。

翻譯

第6題

男人跟女人正在通話。兩人約明天幾點見面呢？

M： 明天的電影是幾點呢？

F： 12點跟2點都有，幾點比較好呢？

M： 那麼，要不要吃完午飯後再去看呢？

F： 好啊，那麼，我們約11點45分在車站見吧！

答案：1

7ばん ▶MP3-07

<ruby>男<rt>おとこ</rt></ruby>の<ruby>人<rt>ひと</rt></ruby>と<ruby>駅員<rt>えきいん</rt></ruby>が<ruby>話<rt>はなし</rt></ruby>をしています。このあと<ruby>男<rt>おとこ</rt></ruby>の<ruby>人<rt>ひと</rt></ruby>はどこへ<ruby>行<rt>い</rt></ruby>きますか。

M： すみません、<ruby>大阪<rt>おおさか</rt></ruby>へ<ruby>行<rt>い</rt></ruby>く<ruby>電車<rt>でんしゃ</rt></ruby>は<ruby>何番<rt>なんばん</rt></ruby>ホームですか。

F： <ruby>2番<rt>にばん</rt></ruby>ホームですよ。もう<ruby>切符<rt>きっぷ</rt></ruby>は<ruby>買<rt>か</rt></ruby>いましたか。<ruby>切符売<rt>きっぷう</rt></ruby>り<ruby>場<rt>ば</rt></ruby>はあそこですよ。

M： ああ、<ruby>大丈夫<rt>だいじょうぶ</rt></ruby>です、もうありますから。あっ、それから、お<ruby>弁当<rt>べんとう</rt></ruby>を<ruby>買<rt>か</rt></ruby>いたいんですが、この<ruby>近<rt>ちか</rt></ruby>くにコンビニがありますか。

F： あそこのトイレの<ruby>隣<rt>となり</rt></ruby>にありますよ。

翻譯

第7題

男人正與站務員對話。接下來男人要去哪裡呢？

M： 不好意思，請問往大阪的電車在幾號月台呢？

F： 2號月台喔。已經買票了嗎？售票口在那邊喔。

M： 啊，沒問題的，已經有了。啊，然後，（我）想買便當，請問這附近有便利商店嗎？

F： 那邊的洗手間旁邊有喔。

答案：4

8ばん ▶MP3-08

おんな せんせい きょうしつ がくせい はなし しゅくだい だ
女の先生が教室で学生たちに話をしています。宿題はいつまでに出しますか。

F： 皆さん、来週の宿題は１１ページから１６ページまでですよ。

M： はい。

F： 20日までに出してくださいね。

M： 先生、来週の月曜日は休みですよ。

F： ああ、そう、そう、20日は月曜日でしたよね。じゃ、その次の日まででいいです。

翻譯

第8題

女老師在教室跟學生們對話。什麼時候以前要交作業呢？

F： 各位，下週的作業是11頁到16頁喔。

M： 好的。

F： 請於20日以前繳交喔。

M： 老師，下週一放假耶！

F： 啊，對對， 20日是星期一對吧。那隔天繳交就可以了。

答案：4

9ばん ▶MP3-09

男の人と女の人が写真を見ながら、話をしています。女の人のお姉さんはどの人ですか。

M： お姉さん、背が高いですね。

F： えっ？これじゃありませんよ。姉は私より低いですから。

M： じゃ、この人ですか。

F： いいえ、姉は髪が短くて、眼鏡をかけている人ですよ。

翻譯

第9題

男人跟女人邊看著照片邊說話。女人的姊姊是哪位呢？

M： 妳姊姊，身高好高喔！

F： 欸？不是這位喔！因為姊姊比我矮！

M： 那麼，是這一位嗎？

F： 不是，姊姊是短頭髮、戴著眼鏡的那個人喔。

答案：3

10ばん ▶MP3-10

<ruby>男<rt>おとこ</rt></ruby>の<ruby>人<rt>ひと</rt></ruby>と<ruby>女<rt>おんな</rt></ruby>の<ruby>人<rt>ひと</rt></ruby>が<ruby>話<rt>はなし</rt></ruby>をしています。<ruby>二人<rt>ふたり</rt></ruby>はいつ<ruby>旅行<rt>りょこう</rt></ruby>に<ruby>行<rt>い</rt></ruby>きますか。

M：<ruby>旅行<rt>りょこう</rt></ruby>、いつがいいですか。

F：<ruby>金曜日<rt>きんようび</rt></ruby>から<ruby>連休<rt>れんきゅう</rt></ruby>ですから、<ruby>飛行機<rt>ひこうき</rt></ruby>のチケットが<ruby>高<rt>たか</rt></ruby>くなりますよ。

M：んー、じゃ、<ruby>連休前<rt>れんきゅうまえ</rt></ruby>に<ruby>行<rt>い</rt></ruby>くのはどうですか？

F：そうですね。でも、その<ruby>日<rt>ひ</rt></ruby>は<ruby>会議<rt>かいぎ</rt></ruby>があるから、<ruby>無理<rt>むり</rt></ruby>かな。

M：そうですか。じゃ、<ruby>連休<rt>れんきゅう</rt></ruby>が<ruby>終<rt>お</rt></ruby>わってからは？

F：それもいいかもしれませんね。あっ、ちょっと<ruby>待<rt>ま</rt></ruby>ってください。<ruby>会議<rt>かいぎ</rt></ruby>は<ruby>午前<rt>ごぜん</rt></ruby>で<ruby>終<rt>お</rt></ruby>わるから、その<ruby>日<rt>ひ</rt></ruby>の<ruby>午後<rt>ごご</rt></ruby>、<ruby>休<rt>やす</rt></ruby>みを<ruby>取<rt>と</rt></ruby>りますね。

翻譯

第10題

男人跟女人正在對話。兩人什麼時候要去旅行呢？

M： 旅行，什麼時候好呢？

F： 從星期五開始因為是連假，機票會變貴喔。

M： 嗯，那麼，連假前出發如何呢？

F： 好啊！但是，因為那天有會議，可能不行吧。

M： 那樣啊！那麼，連假結束之後呢？

F： 那樣或許可以耶。啊，等等。因為會議上午就結束，所以那天的下午可以請假喔。

答案：2

11ばん 　▶MP3-11

男の人と女の人が話をしています。明日の午後の天気はどうですか。

M： 明日は山登りですよ。忘れないでくださいね。

F： はい。あっ、今、外は風が強くて、雨が降っていますよ。

M： えー、やっぱり……。朝、曇ってましたからね。じゃ、明日も雨だったら、山
登りは無理ですね。

F： でも、新聞に天気が悪いのは今日までだと書いてありましたから、大丈夫だと
思いますよ。

翻譯

第11題

男人跟女人正在對話。明天下午的天氣如何呢？

M： 明天要爬山喔。請別忘記了喔。

F： 好的。啊，現在，外面風很大，而且還下著雨耶。

M： 咦～，果然……。早上就有點陰天了呢。那麼，如果明天也下雨的話，就不能爬
山了吧。

F： 但是，報紙上寫說壞天氣只到今天，所以我想應該是沒問題喔。

答案：4

12ばん　▶MP3-12

男の学生と先生が話をしています。学生はどうして学校を休みましたか。

F：　風邪はよくなりましたか。

M：　はい、昨日は病院へ行って、薬を飲んで、一日家でゆっくりしたら、すぐよく
　　　なりました。

F：　それはよかったですね。じゃ、昨日出した今日までの宿題は、明日でもいいで
　　　すよ。

M：　はい、ありがとうございます。でも、明日国から両親が来ますから、学校を休
　　　むんですが……。

F：　そうですか。じゃ、明後日までに必ず出してくださいね。

1. 宿題をやっていませんでしたから。
2. 病院へ行かなければなりませんから。
3. 風邪を引きましたから。
4. 家族が来ますから。

翻譯

第12題

男學生跟老師正在對話。學生為何沒去學校呢？

F： 感冒好點了嗎？

M： 有！昨天去醫院，吃完藥，在家好好休息了一天，馬上就好了。

F： 那樣太好了呢。那麼，昨天出的要在今天完成的作業，明天再交也可以喔。

M： 好的，謝謝。但是，明天父母要從母國過來，要向學校請假……。

F： 這樣啊！那麼，後天之前請務必要繳交喔！

1. 因為沒做作業。

2. 因為必須去醫院。

3. 因為感冒。

4. 因為家人來訪。

答案：3

13ばん ▶MP3-13

男の人と女の人が話をしています。土曜日女の人が行くところはどこですか。

F： 日曜日弟の結婚式があって、北海道の実家へ帰らなければならないんです。

M： じゃ、金曜日の夜から行きますか。

F： 金曜日の夜は主人のお母さんの誕生日で、一度主人の実家に行ってから、みんなでレストランでご飯を食べるんです。

M： そうですか。じゃ、結婚式の前の日ですか。

F： そうですね。本当は早く行って、ゆっくりしたいんですけどね。月曜日に大事な会議がありますから、日曜日の夜には帰って来なければならないんです。

1. 友達の結婚式

2. 自分の実家

3. レストラン

4. ご主人の実家

第13題

男人跟女人正在對話。女人星期六要去的地方是哪裡呢？

F： 星期日有弟弟的婚禮，非回北海道老家不可。

M： 那麼，星期五晚上出發嗎？

F： 星期五晚上是老公媽媽的生日，要先去老公的老家一趟，大家要在餐廳聚餐。

M： 那樣啊！那麼，是婚禮的前一天嗎？

F： 對啊！原本想要早點出發，慢慢來的啊。但是因為星期一有重要的會議，所以星期日晚上必須趕回來才行。

1. 朋友的婚禮

2. 自己的老家

3. 餐廳

4. 老公的老家

答案：2

14ばん ▶MP3-14

友達の家に入ります。何と言いますか。

1. いらっしゃい。
2. ただいま。
3. お邪魔します。

翻譯

第14題

進朋友的家。要說什麼呢？

1. 歡迎光臨。
2. 我回來了。
3. 打擾了。

答案：3

15ばん ▶MP3-15

じゅぎょう とき がくせい なん い
授業の時、うるさい学生がいます。何と言いますか。

しず
1. 静かにしてください。

2. うるさくないでください。

しず
3. 静かになってもいいですか。

翻譯

第15題

上課時，有吵鬧的學生。要説什麼呢？

1. 請安靜。

2. 請不要吵鬧。

3. 可以變安靜一點嗎？

答案：1

16ばん　▶MP3-16

陳さんに用事があります。何と言いますか。

1. 陳さん、今、ちょっといいですか。
2. 陳さん、何ですか。
3. 陳さん、どこにありますか。

翻譯

第16題

有事找陳小姐。要説什麼呢？

1. 陳小姐，請問現在方便嗎？
2. 陳小姐，有什麼事呢？
3. 陳小姐，在哪哩呢？

答案：1

17ばん ▶MP3-17

<ruby>駅<rt>えき</rt></ruby>へ<ruby>行<rt>い</rt></ruby>く<ruby>道<rt>みち</rt></ruby>を<ruby>聞<rt>き</rt></ruby>きます。<ruby>何<rt>なん</rt></ruby>と<ruby>言<rt>い</rt></ruby>いますか。

1. <ruby>駅<rt>えき</rt></ruby>へ<ruby>行<rt>い</rt></ruby>く<ruby>道<rt>みち</rt></ruby>を<ruby>行<rt>い</rt></ruby>ってもいいですか。
2. <ruby>駅<rt>えき</rt></ruby>へ<ruby>行<rt>い</rt></ruby>く<ruby>道<rt>みち</rt></ruby>はいかがですか。
3. <ruby>駅<rt>えき</rt></ruby>へはどう<ruby>行<rt>い</rt></ruby>ったらいいですか。

翻譯

第17題

詢問去車站的路。要說什麼呢？

1. 可以去車站的路嗎？
2. 到車站的路如何呢？
3. 到車站該怎麼走好呢？

答案：3

18ばん ▶MP3-18

友達（ともだち）に辞書（じしょ）を借（か）りたいです。何（なん）と言（い）いますか。

1.　ちょっと辞書（じしょ）を貸（か）してもいいですか。
2.　<u>ちょっと辞書（じしょ）を借（か）りてもいいですか。</u>
3.　ちょっと辞書（じしょ）を買（か）ってください。

翻譯

第18題

想向朋友借字典。要說什麼呢？

1.　可以借你字典嗎？
2.　<u>可以借我字典嗎？</u>
3.　請幫我買字典一下。

答案：2

問題 4

19ばん ▶MP3-19

とうきょう おおさか しんかんせん
東京から大阪まで新幹線でいくらですか。

いち じ かんはん
1. １時間半ぐらいです。

さんじゅっキロメートル
2. ３０ｋｍぐらいです。

いちまんご せん えん
3. １５000円ぐらいです。

翻譯

第19題

從東京到大阪搭新幹線要多少錢呢？

1. 大概一個半小時。

2. 大概30公里。

3. 大概15000日圓。

答案：3

20ばん ▶MP3-20

もうご飯を食べましたか。

1. はい、お腹がいっぱいです。

2. はい、もう一杯お願いします。

3. いいえ、またです。

翻譯

第20題

已經吃過飯了嗎?

1. 是的,肚子很飽。

2. 是的,麻煩再來一碗了。

3. (錯誤文法,無法翻譯。)

答案:1

21ばん ▶MP3-21

<ruby>窓<rt>まど</rt></ruby>をあけましょうか。

1. はい、<ruby>開<rt>あ</rt></ruby>けますよ。
2. はい、お<ruby>願<rt>ねが</rt></ruby>いします。
3. いいえ、<ruby>開<rt>あ</rt></ruby>けません。

翻譯

第21題

打開窗戶吧？

1. 好的，打開喔。
2. 好的，麻煩了。
3. 不，不開。

答案：2

22ばん ▶MP3-22

そろそろ失礼します。

1. いいえ、結構です。
2. 大丈夫です。失礼しませんよ。
3. じゃ、また明日。

翻譯

第22題

差不多該告辭了。

1. 不，不用。

2. 沒關係。不用不好意思喔。

3. 那麼，明天見。

答案：3

23ばん ▶MP3-23

<ruby>最近<rt>さいきん</rt></ruby>、<ruby>寒<rt>さむ</rt></ruby>くなりましたね。

1. <ruby>本当<rt>ほんとう</rt></ruby>ですね。
2. じゃ、<ruby>服<rt>ふく</rt></ruby>を<ruby>着<rt>き</rt></ruby>たらどうですか。
3. <ruby>私<rt>わたし</rt></ruby>は<ruby>寒<rt>さむ</rt></ruby>くないですよ。

翻譯

第23題

最近，開始變冷了呢。

1. 真的耶。
2. 那麼，多穿點衣服如何呢？
3. 我不會冷啊。

答案：1

24ばん ▶MP3-24

林さん、このかばんはどう？

1. ちょうど大きいわ。
2. ちょっと見せて。
3. １５００円ぐらいよ。

翻譯

第24題

林小姐，這個包包如何呢？

1. 剛好很大呢。
2. 讓我看一下。
3. 1500日圓左右喔。

答案：2

第2回

言語知識（文字・語彙）

解答

問題 1

1	2	3	4	5	6
3	2	1	4	2	1
7	8	9	10	11	12
2	4	3	1	4	3

問題 2

13	14	15	16
3	4	1	3
17	18	19	20
4	2	3	2

問題 3

21	22	23	24	25
2	4	1	3	4
26	27	28	29	30
2	1	4	3	3

問題 4

31	32	33	34	35
2	2	2	2	1

原文＋中譯＋解說

問題 1

1. 今日の午後授業は休みです。今天下午停課。

解說

「午後」（下午）的發音為「ごご」。「午前」的發音為「ごぜん」，意思為「中午以前」。

答案：3

---

2. 今日は四日です。今天是四日。

解說

「四」的發音有「し」跟「よん」兩種，但是「四日」的話就要唸成「よっか」，且發音跟「八日」的「ようか」很像，所以這部份請注意。

答案：2

---

3. 金曜日友達と遊びます。星期五要跟朋友玩。

解說

「金」的發音有「きん」跟「かね」兩種。而星期幾的説法分別為：星期一「月」、星期二「火」、星期三「水」、星期四「木」、星期五「金」、星期六「土」、星期日「日」。

答案：1

4.　テーブルの<ruby>前<rt>まえ</rt></ruby>に<ruby>犬<rt>いぬ</rt></ruby>がいます。桌子前有狗。

解説

「前」（前方）的唸法為「まえ」，也可以唸作「ぜん」。
參考：1　<ruby>右<rt>みぎ</rt></ruby>（右邊）　2　<ruby>横<rt>よこ</rt></ruby>（側邊）　3　<ruby>下<rt>した</rt></ruby>（下方）

答案：4

5.　ここにペンが<ruby>何本<rt>なんぼん</rt></ruby>ありますか。這裡有幾枝筆？

解説

「何本」（幾本書；量詞單位）的唸法為「なんぼん」，請注意，發音會隨著前面數字的不同而改變。

	二本	にほん	四本	よんほん
ほん	五本	ごほん	七本	ななほん
	九本	きゅうほん		
ぼん	三本	さんぼん	何本	なんぼん
ぽん	一本	いっぽん	六本	ろっぽん
	八本	はっぽん	十本	じゅっぽん

一本	いっぽん	二本	にほん	三本	さんぼん
四本	よんほん	五本	ごほん	六本	ろっぽん
七本	ななほん	八本	はっぽん	九本	きゅうほん
十本	じゅっぽん				

答案：2

6.　あそこに<ruby>木<rt>き</rt></ruby>が<ruby>立<rt>た</rt></ruby>っています。那邊有一棵樹。

解説

「立（って）」（站立）的唸法為「た（って）」，也可以唸作「りつ」。

答案：1

217

7. 明日の<ruby>天気<rt>てんき</rt></ruby>は<ruby>晴<rt>は</rt></ruby>れでしょう。明天會是晴天吧！

解說

「天気」（天氣）的唸法為「てんき」，沒有濁音。順帶一提，唸作「でんき」的話，漢字是「電気」，就變成「電、電燈」的意思。

答案：2

---

8. <ruby>学校<rt>がっこう</rt></ruby>の<ruby>西<rt>にし</rt></ruby>に<ruby>私<rt>わたし</rt></ruby>の<ruby>家<rt>いえ</rt></ruby>があります。我家在學校的西邊。

解說

「西」（西邊）的唸法為「にし」。
參考：1　<ruby>東<rt>ひがし</rt></ruby>（東邊）　2　<ruby>北<rt>きた</rt></ruby>（北邊）　3　<ruby>南<rt>みなみ</rt></ruby>（南邊）

答案：4

---

9. <ruby>毎週<rt>まいしゅう</rt></ruby>ピアノを<ruby>習<rt>なら</rt></ruby>っています。每週都上鋼琴課。

解說

「毎週」（每週）的唸法為「まいしゅう」，而唸「しゅう」時記得唸長音。

答案：3

---

10. <ruby>出口<rt>でぐち</rt></ruby>はどこですか。請問出口在哪裡呢？

解說

「出口」（出口）唸作「でぐち」，而相反的「入口」（入口）則是唸作「いりぐち」。「<ruby>出張<rt>しゅっちょう</rt></ruby>」（出差）、「<ruby>出発<rt>しゅっぱつ</rt></ruby>」（出發）的「出」唸作「しゅっ」，而「出す」（交出）的「出」則唸作「だ（す）」。

答案：1

11. <ruby>弟<rt>おとうと</rt></ruby> はまだ<ruby>独身<rt>どくしん</rt></ruby>です。 弟弟還是單身。

解説

「弟」（弟弟）唸作「おとうと」。

參考：1 <ruby>妹<rt>いもうと</rt></ruby>（妹妹）　2 <ruby>姉<rt>あね</rt></ruby>（姊姊）　3 <ruby>兄<rt>あに</rt></ruby>（哥哥）

答案：4

---

12. <ruby>毎日新聞<rt>まいにちしんぶん</rt></ruby>を<ruby>読<rt>よ</rt></ruby>みます。 每天都看報紙。

解説

「新聞」（報紙）唸作「しんぶん」，而「聞」（聽）也可以唸作「<ruby>聞<rt>き</rt></ruby>く」。

答案：3

13. <u>フォーク</u>でりんごを<ruby>食<rt>た</rt></ruby>べます。用叉子吃蘋果。

解說

「フォ」在日文當中發音比較特別，且「フ」跟「ウ」、「ク」、「ワ」三者，以及「ク」跟「タ」兩者之間的字型長得很像，請注意不要搞錯囉！

答案：3

---

14. <ruby>棚<rt>たな</rt></ruby>に<ruby>荷物<rt>にもつ</rt></ruby>を<u><ruby>上<rt>あ</rt></ruby></u>げます。把行李放在架子上。

解說

「あげます」的原形寫作「上げる」，請注意，這裡的「<ruby>上<rt>あ</rt></ruby>げます」（放），與中文的意思為「給」的「あげます」意思不相同。順帶一提，「開」、「明」兩字發音為清音的「あけます」，可以寫作「<ruby>開<rt>あ</rt></ruby>けます」（打開）和「<ruby>明<rt>あ</rt></ruby>けます」（天亮）。

答案：4

---

15. <ruby>図書館<rt>としょかん</rt></ruby>と<ruby>病院<rt>びょういん</rt></ruby>の<u><ruby>間<rt>あいだ</rt></ruby></u>に<ruby>花屋<rt>はなや</rt></ruby>があります。圖書館跟醫院之間有花店。

解說

「あいだ」的漢字寫作「間」，選項全都是「門」字旁所構成的漢字，因為字型相似，所以請特別注意喔！

答案：1

---

16. <ruby>今日<rt>きょう</rt></ruby>の<u><ruby>空<rt>そら</rt></ruby></u>はとても<ruby>青<rt>あお</rt></ruby>いです。今天的天空非常藍。

解說

「そら」的漢字寫作「空」（天空）。
參考：1 <ruby>雲<rt>くも</rt></ruby>（雲）　2 <ruby>花<rt>はな</rt></ruby>（花）　4 <ruby>外<rt>そと</rt></ruby>（外面）

答案：3

17. あの<ruby>男<rt>おとこ</rt></ruby>の<ruby>子<rt>こ</rt></ruby>は<ruby>誰<rt>だれ</rt></ruby>ですか。 那個男孩是誰呢？

解說

「おとこ」的漢字寫作「**男**」（男），其反義詞為選項1的「**<ruby>女<rt>おんな</rt></ruby>**」（女）。

答案：4

---

18. <u>レストラン</u>で<ruby>働<rt>はたら</rt></ruby>いています。 在餐廳工作。

解說

請熟記片假名！

答案：2

---

19. <u><ruby>今年<rt>ことし</rt></ruby><ruby>３０歳<rt>さんじゅっさい</rt></ruby></u>になります。 今年要滿30歲。

解說

「ことし」漢字寫作「**今年**」（今年）。字詞裡同樣有「**今**」的像是：「**今月**」（這個月）、「**今日**」（今天）分別唸作「**こんげつ**」與「**きょう**」。順帶一提，「**今歲**」的唸法為「**こんさい**」，其意思與「**今年**」相同，不過N5級別可以先不用記。

答案：3

---

20. <ruby>私<rt>わたし</rt></ruby>は<u><ruby>鼻<rt>はな</rt></ruby></u>が<ruby>大<rt>おお</rt></ruby>きいです。 我的鼻子很大。

解說

「はな」漢字寫作「**鼻**」（鼻子），且與「**<ruby>花<rt>はな</rt></ruby>**」（花）為同音異義字。

參考：3　<ruby>耳<rt>みみ</rt></ruby>（耳朵）　4　<ruby>顔<rt>かお</rt></ruby>（臉）

答案：2

21. 雨が降っていますから、傘を（さしましょう）。因為下雨了，所以撐個傘吧！

解說

上文敘述「雨が降っています」（下雨了），所以下文要接「傘をさしましょう」
（撐個傘吧）。

參考：1 探しましょう（尋找吧）　3 咲きましょう（綻放吧）
　　　　4 誘いましょう（邀請吧）

答案：2

---

22. コーヒー、もう一杯（いかが）ですか。咖啡，再來一杯如何呢？

解說

上文敘述提到了「もう一杯」（再一杯），所以下文可以清楚知道要接「いかがです
か」（如何呢）的疑問詞。至於選項1「どんな」後面要接名詞，所以不是正確答
案。

參考：1 どんな（什麼樣的）　2 なんで（為什麼）
　　　　3 どうやって（要怎麼做）

答案：4

---

23. （あと）10分で試験が終わります。還有10分鐘考試就結束了。

解說

「あと」後面加「數字和數量詞」，無論多少後方所接的「數字和數量詞」為何，皆
表示「還剩下……」。

參考：2 もう（再、已經）　3 まだ（尚未）　4 だけ（只）

答案：1

---

24. 私はいつも（お皿）を洗っています。我總是在洗碗盤。

解說

因為後面敘述提到「洗って」（清洗），為符合文意，可清楚知道上文要接「お皿」（碗盤）較恰當。

參考：1　お菓子（零食點心）　2　お酒（酒）　4　お金（金錢）

答案：3

25. テストは（やさしい）ほうがいいです。考試還是簡單一點比較好。

解說

上文敘述主詞為「テスト」（考試），為符合文意，下文選接「やさしい」（簡單的）較恰當。很多人會跟選項1的「安い」（便宜的）搞錯，請特別注意！

參考：1　安い（便宜的）　2　楽しい（開心的）　3　野菜（青菜）

答案：4

26. 今日は寒いですから、（セーター）を着ました。因為今天很冷，所以穿了毛衣。

解說

片假名「セ」與「ヤ」，及「ク」與「タ」字型相似，認讀方面請多注意。

答案：2

27. 今朝牛乳を 3 （杯）も飲みました。今天早上喝了三杯牛奶。

解説

「杯」（杯）的唸法，會隨著前面搭配的數字而改變。以下分類：

		二杯	にはい	四杯	よんはい
はい		五杯	ごはい	七杯	ななはい
		九杯	きゅうはい		
ばい		三杯	さんばい	何杯	なんばい
ぱい		一杯	いっぱい	六杯	ろっぱい
		八杯	はっぱい	十杯	じゅっぱい

一杯	いっぱい	二杯	にはい	三杯	さんばい
四杯	よんはい	五杯	ごはい	六杯	ろっぱい
七杯	ななはい	八杯	はっぱい	九杯	きゅうはい
十杯	じゅっぱい				

答案：1

---

28. 今兄はシャワーを（浴びて）います。哥哥現在在洗澡。

解説

名詞「シャワー」（淋浴）所搭配的動詞為「浴びます」，此動詞為第二類動詞，故て形動詞變化為「浴びて」。

參考：1 入って（進入、放入） 2 洗って（洗滌） 3 磨いて（刷（牙））

答案：4

---

29. 友達_{ともだち}がたくさん来_きて、（にぎやか）です。很多朋友來訪，所以很熱鬧。

解説

上文主要敘述為「友達_{ともだち}がたくさん来_きて」（有很多朋友來訪），為符合文意，下文選接「にぎやか」（熱鬧）較恰當。

參考：1　少_{すく}ない（少的）　　2　広_{ひろ}い（寬廣的、寬闊的）　　4　冷_{つめ}たい（冰冷的）

答案：3

---

30. あの人_{ひと}が誰_{だれ}か（知_しりません）。不認識那個人是誰。

解説

如果選項1是「覚_{おぼ}えていません」（不記得）的話就沒有問題，但是不可使用「覚_{おぼ}えません」（沒有記）。在這裡，因為語意上主要強調疑問詞「誰_{だれ}」＋「か」，故下文選「知_しりません」（不認識）為最佳答案。

參考：1　覚_{おぼ}えません（沒有記）　　2　見_みません（沒看）　　4　会_あいません（沒見）

答案：3

31. 私はスポーツが苦手です。 我不擅長運動。

   1 私はスポーツが好きです。 我喜歡運動。
   2 私はスポーツが下手です。 我很不擅長運動。
   3 私はスポーツが上手です。 我很擅長運動。
   4 私はスポーツができます。 我會運動。

解說

「苦手」的意思為「不擅長」，與選項2的「下手」為同義詞，而其餘3個選項的「上手」（拿手）、「（スポーツが）できます」（會運動）、「好き」（喜歡）幾乎為前者的反義詞，所以錯誤。

答案：2

32. 陳さんは林さんから本を借りました。 陳先生向林先生借了書。

   1 林さんは陳さんに本を返しました。 林先生還書給陳先生了。
   2 林さんは陳さんに本を貸しました。 林先生借書給陳先生了。
   3 林さんは陳さんに本を買いました。 林先生向陳先生買了書。
   4 林さんは陳さんに本をもらいました。 林先生從陳先生那得到了書。

解說

題目中的「借りました」主要表示「從別人那裡借進來」，而選項當中，當主詞是林先生時，答案選「貸しました」（借出）最為恰當。「か」開頭的動詞有許多，請務必學起來喔！至於選項「返します」（歸還）為「借ります」的反義詞。而選項「買います」（買）、「もらいます」（得到）兩者皆答非所問。

答案：2

33. バスは5時5分前に来ます。公車五點前五分鐘會到。

1 バスは5時ちょうどに来ます。公車正好五點會到。

2 5時前にバスに乗ります。五點前要搭公車。

3 バスは5時5分に来ます。公車五點五分會到。

4 4時 55分に。バスを降ります。四點五十五分。下車。

解説

「5時5分前」（五點前五分鐘）的時間指的是四點五十五分。選項1的「ちょうど」意思為「恰好、正好」的意思，此選項意指公車五點會到。選項3意指公車五點五分會到。選項1、3的時間表達皆不符合文意。選項4時間上雖然有符合，但是有表達要下車的動作，故不選。選項2表「5時前に（五點前）＋バスに乗ります（要搭公車）」，故選此選項較為恰當。

答案：2

34. 父は面白い人です。爸爸是個很有趣的人。

1 父は嬉しい人です。爸爸是個很高興的人。

2 父はユーモアがある人です。爸爸是個有幽默感的人。

3 父は優しい人です。爸爸是個很溫柔的人。

4 父は頭がいい人です。爸爸是很聰明的人。

解説

「面白い」（有趣的）的意思跟選項2的「ユーモアがある」（有幽默感）為同義詞。日文當中，沒有選項1「嬉しい人」（高興的人）這樣的説法。而選項3和4的「優しい人」（溫柔的人）、「頭がいい人」（聰明的人）皆答非所問。

答案：2

35. 祖母（そぼ）は体（からだ）がとても丈夫（じょうぶ）です。 祖母的身體非常好。

  1 祖母（そぼ）はとても健康（けんこう）です。 祖母非常健康。

  2 祖母（そぼ）はとても力（ちから）が強（つよ）いです。 祖母的力量非常強。

  3 祖母（そぼ）は大丈夫（だいじょうぶ）です。 祖母沒問題。

  4 祖母（そぼ）はとても上手（じょうず）です。 祖母非常地擅長。

解說

「丈夫（じょうぶ）」有「健康」的意思，所以選項1的「健康（けんこう）」符合題意。選項2的「力（ちから）が強（つよ）い」（力量很大），語意有點不符。選項3的「大丈夫（だいじょうぶ）」（沒問題）中「丈夫（じょうぶ）」雖然和題目一樣，但一旦前面加上「大（だい）」，意思會完全改變。選項4的「上手（じょうず）」發音上跟「じょうぶ」雖然相似，但指的是「擅長」，意思完全不一樣。

答案：1

言語知識（文法）・讀解

解答

問題 1

1	2	3	4	5	6	7	8
1	3	4	3	4	3	3	4
9	10	11	12	13	14	15	16
1	3	3	4	1	4	4	3

問題 2

17	18	19	20	21
3	2	4	1	3

問題 3

22	23	24	25	26
3	1	4	4	2

問題 4

27	28	29
3	2	3

問題 5

30	31
1	2

問題 6

32
1

原文＋中譯＋解說

問題 1

1. 私は新しい車（が）ほしいです。我想要新的車子。

解說

請記住「名詞＋が＋ほしい」（想要～）的句型吧！

答案：1

---

2. 先週陳さんから（借りた）本はこれです。上星期跟陳先生借的書是這個。

解說

用來修飾名詞「本」（書）的動詞，在這時候，在名詞的前面，要變成普通形。且因為是過去已經發生的動作，所以要使用「借りた」（借了）這樣的過去式「た形」。另外，「借ります」（借）屬於例外的動詞，它不是第一類動詞，而是第二類動詞。

答案：3

---

3. 昨日は（暑くなかったです）。昨天不熱。

解說

い形容詞的過去式否定是「い形容詞（去い）＋くなかった」。

答案：4

---

4. 明日私の家に（遊び）に来ませんか。明天要不要來我家玩呢？

解說

為了形成「動詞ます形＋に＋移動動詞」這樣的句型，表示移動目的的「に」前的動詞，要使用動詞ます形。

答案：3

5. 昨日病気（で）会社を休みました。昨天因為生病，所以向公司請假。

解説

「で」加在名詞後面，形成「名詞＋で」，用來表示理由。

答案：4

---

6. 父はワインは飲みますが、ビール（は）飲みません。

父親雖然喝紅酒，但是不喝啤酒。

解説

「Aは～が、Bは～」（A是～，但是B是～）這樣的句型，是用來對比A和B兩者的表現。

答案：3

---

7. 昨日は2時（ごろ）寝ました。昨天二點左右就睡覺了。

解説

「ごろ」（大約）用來表達時間時，是表示大概的時間或時期。

答案：3

---

8. 週末は（どこも）行きません。週末哪裡都不去。

解説

「疑問詞＋も＋否定」（～都不～）這樣的句型，是用來表示全面否定。

答案：4

---

9. 夏休みは山（へも）海（へも）行きませんでした。

暑假沒有去山上，也沒有去海邊。

解說

「AもBも」是兩個名詞放在一起的說法，有「AもBもどちらも〜」（不管A還是B，哪一個都〜）的意思。在這裡「へ」表示「行く」（去）的方向，形成「〜へも〜へも」的句型。

答案：1

---

10. 先生が話していますから、皆さん、（静かに）しましょう。

老師正在說話，所以大家安靜吧！

解說

「します」前面的な形容詞接續，會變成「な形容詞＋に」。

答案：3

---

11. 昨日ご飯を４杯（も）食べました。 昨天吃了四碗飯。

解說

用「數字＋も」，來表示說話者覺得數量很多。

答案：3

---

12. 電気を（消さないで）寝ました。 燈沒關就這樣睡了。

解說

表示在「消す」（關燈）這個動作都沒有進行的狀態，也就是「消さないで」（沒有關燈），就有了「寝ました」（睡著了）這樣的附帶狀況。

答案：4

13. 私は野菜があまり（好きでは）ありません。我不太喜歡蔬菜。

解說

「あまり」（不太～）的後面要接續否定形，也就是「あまり＋否定形」這樣的句型。而「すき」（喜歡）是な形容詞，否定形是「な形容詞＋ではありません」。

答案：1

---

14. 昨日病院へ（行ったあと）で、会社へ行きました。

昨天去了醫院之後，就去公司了。

解說

因為有「で」，所以知道要用「あとで」（在～之後）。而「あとで」的前面，要使用動詞た形，成為「動詞た形＋あとで」的句型。

答案：4

---

15. 教室に学生が一人（しか）いません。教室裡只有一個學生。

解說

「しか」（只有～）的後面要接否定形，跟「だけ」（只有～）的意思一樣。

答案：4

---

16. 手を（洗って）から、ご飯を食べます。洗完手之後吃飯。

解說

用來表示順序的句型是「動詞て形＋から」（～之後再～）。

答案：3

17. 明日の　試験は　そんなに　難しく　ない　でしょう。
　　　　　　　　　　　　★

明天的考試沒有那麼難對吧？

解說

用「そんなに＋否定」表示「不會那麼地～」的意思。い形容詞的否定型態是「い形容詞（去い）＋くない」，所以就變成「難しくない」。「でしょう」前接普通形，就變成「難しくないでしょう」。

答案：3

---

18. 家の　前　に　車が　止まって　います。
　　　　　　　　　★

家的前面停著一輛車子。

解說

請記住「名詞＋が＋自動詞的て形＋います」的句型吧！因為前面是【名詞＋が＋自動詞「止まります」裡的て形「止まって」】，所以知道後面要接續「います」。

答案：2

---

19. 忙しい　から　宿題は　まだ　終わって　います。
　　　　　　　　　★

因為很忙，所以功課還沒做完。

解說

「まだ＋動詞て形＋いません」（還沒有～）的句型很常使用。這裡「宿題は」（作業）表示主題。

答案：4

20. 傘 を バス に 忘れて、困りました。
　　　　　　★

雨傘忘在公車上，傷腦筋。

解說

使用「忘れて」（忘記）和「て形」，來說明「困りました」（傷腦筋）的理由。另外，因為「バス」（公車）是忘記東西的地方，所以後面要接續表示場所的「に」。而忘掉的「傘」（傘）的後面，則是要接續表達動作對象的「を」。

答案：1

---

21. 先生は 厳しい です が、悪い人 ではありません。
　　　　　　　　　★

老師雖然很嚴厲，卻不是壞人。

解說

文章的最後，因為是否定形「ではありません」，所以中間要使用逆接「が」（雖然～但是～），讓前面變成是「厳しいです」（嚴格的），而後面則是「悪い人ではありません」（不是壞人）。

答案：3

（1）

　　私は今日本の会社で（22.　働いて）います。会社の人は日本人ですから、毎日日本語で話したり、資料を読んだり、メールを書いたり（23.　し）なければなりません。私の日本語は上手ではありませんから、（24.　とても）大変ですが、この仕事が好きですから、頑張ります。

翻譯

我現在在日本的公司工作。因為公司的人都是日本人，所以每天都必須用日文說話、看資料、寫信才行。因為我的日文不好，所以非常辛苦，但是因為喜歡這份工作，所以會努力。

解說

22.

選項1～4全部都用「て」結束，但是「働きます」的正確的て形是「働いて」。

答案：3

23.

因為是「～たり～たりします」的句型，所以「します」為了可以接續「～なければなりません」，就要把它變成「ない形」，因此答案是1。

答案：1

24.

因為「**大変**です」（辛苦）是肯定的用法，所以不可使用選項1的「あまり」（不太～）。而選項2「それから」是接續詞，中文是「然後」的意思，也不對。至於選項3「もっと」（更～）用於比較的時候，也不對。所以只有選項4「とても」（非常）符合。

答案：4

---

(2)

　家の近くに新しい図書館ができました。とても（25. 綺麗で）、新しい本（26. や）雑誌などがたくさんあります。週末子供と一緒に図書館へ行って、そこで勉強したり、本を読んだりしています。

翻譯

家裡附近新的圖書館落成了。非常漂亮，有很多新的書或雜誌等等。週末會和孩子一起去圖書館，並在那邊學習還有讀書。

解說

25.

句子的前面是な形容詞時，後面如果要接續句子，就會變成「な形容詞＋で、～」這樣的型態。請注意，「きれい」（漂亮）不是い形容詞，而是な形容詞。

答案：4

26.

像「**本**」（書）、「**雑誌**」（雜誌）這樣同類型的名詞並列，而且後面還有「など」（等等）這樣的關鍵字，就知道要選「や」（或）。

答案：2

（1）

　おとといは学校が休みでした。友達とプールへ泳ぎに行きました。明日は土曜日です。土曜日は海へ泳ぎに行きます。

翻譯

前天學校放假。我和朋友一起去游泳池游泳了。明天是星期六。星期六要去海邊游泳。

27. 今日は何曜日ですか。

　　　1　水曜日　　2　木曜日　　3　金曜日　　4　日曜日

翻譯

今天是星期幾呢？

1　星期三　　2　星期四　　3　星期五　　4　星期日

解說

　「明日は土曜日です」（明天是星期六），所以今天就是「金曜日」（星期五）。

答案：3

(2)

　　毎週月曜日朝８時に日本語の会話の授業があります。今日は試験です。先生は
３０分早く始めると言いました。

翻譯

每個星期一的早上八點有日文會話課。今天要考試。老師說，要提早三十分鐘開始。

28. 試験は何時からですか。

　　1　　７時　　2　　７時半　　3　　８時３０分　　4　　８時半

翻譯

考試從幾點開始呢？

1　　七點　　2　　七點半　　3　　八點三十分　　4　　八點半

解說

八點開始上課，但是今天因為考試，提早了三十分鐘，也就是說是七點半開始考試。

答案：2

（3）

　　姉は先月友達と一緒に買い物に行って、かばんを買いました。素敵なかばんですから、私もほしかったです。先週父はそれと同じかばんを買いました。それは、私の誕生日プレゼントでした。とても嬉しかったです。

姊姊上個月和朋友一起去購物，買了包包。因為是很棒的包包，所以我也想要。上個星期爸爸買了和那個一樣的包包。那是我的生日禮物。非常開心。

29. この人のお父さんが買ったかばんは今誰が持っていますか。

　　　1　母　　2　姉　　3　私　　4　友達

這個人的爸爸買的包包，現在誰擁有呢？

1　媽媽　　2　姊姊　　3　我　　4　朋友

從「私の誕生日プレゼント」（我的生日禮物）、「嬉しかった」（很開心）可以得知，答案是「私」（我）。

答案：3

240

（1）

私は両親と姉が2人と弟が1人います。父は韓国の会社で働いています。母は働いていません。一番上の姉は今日本で働いています。2番目の姉は昔アメリカで勉強していて、今英語の先生です。弟は学生です。去年は兄弟だけでタイへ行きましたが、今年は家族皆で姉に会いに行きます。楽しみです。

翻譯

我有父母、兩個姊姊和一個弟弟。爸爸在韓國的公司工作。媽媽沒有工作。最大的姊姊現在在日本工作。第二個姊姊以前在美國讀書，現在是英文老師。弟弟是學生。去年只有兄弟姊妹去了泰國，但是今年全家要去看姊姊。非常期待。

30. 何人でタイへ行きましたか。

　　1　4人　2　5人　3　6人　4　7人

翻譯

幾個人去了泰國呢？

1　四個人　2　五個人　3　六個人　4　七個人

解說

兄弟姊妹有姊姊兩人、弟弟一人，再把自己加進去，全部就有四個人。

答案：1

31. 家族<ruby>か<rt>か</rt></ruby>でどこへ行<ruby>い<rt>い</rt></ruby>きますか。

　　1　韓国<ruby>かんこく<rt>かんこく</rt></ruby>　2　日本<ruby>にほん<rt>にほん</rt></ruby>　3　アメリカ　4　タイ

翻譯

全家人要去哪裡呢？

1　韓國　2　日本　3　美國　4　泰國

解說

因為「姉<ruby>あね<rt>あね</rt></ruby>に会<ruby>あ<rt>あ</rt></ruby>いに行<ruby>い<rt>い</rt></ruby>きます」（要去見姊姊），而姊姊現在在日本工作，所以可以得知要去的地方是日本。

答案：2

問題6

上映時間（じょうえい じ かん）

A そして母（はは）になる（英（えい））　[1時間40分（いち じ かんよんじゅっぷん）]　10:00　12:15　15:00　16:50　20:00

B 明日（あした）も元気（げんき）（日）　[2時間30分（に じ かんさんじゅっぷん）]　9:10　14:00　19:30

C エリジウム（英（えい））　[2時間50分（に じ かんごじゅっぷん）]　10:20　15:00　16:50

D よっちゃん、ありがとう（日）　[2時間（に じ かん）]　13:20　17:00

上映時間

A 我的意外媽媽（英）　[1小時40分鐘]　10:00　12:15　15:00　16:50　20:00

B 明天依然有朝氣（日）　[2小時30分鐘]　9:10　14:00　19:30

C 極樂世界（英）　[2小時50分鐘]　10:20　15:00　16:50

D 小吉，謝謝你（日）　[2小時]　13:20　17:00

32. 明日（あした）友達（ともだち）と映画（えいが）を見（み）に行（い）きます。日本語（にほん ご）と英語（えいご）の映画（えいが）を2つ（ふた）見（み）たいですが、5時（ご じ）間（かん）しか時間（じ かん）がありません。5時間以内（ご じ かんい ない）に見（み）ることができる映画（えいが）はどれとどれですか。

<u>1　A＋B</u>　　　　2　B＋C　　　　3　C＋D　　　　4　A＋D

翻譯

明天要和朋友去看電影。想要看日文跟英文的電影兩部，但時間只有五小時。在五小時之內可以看的電影是哪部和哪部呢？

<u>1　A＋B</u>　　2　B＋C　　3　C＋D　　4　A＋D

答案：1

聴解

解答

問題 1

1	2	3	4	5	6	7
3	1	2	4	1	3	2

問題 2

8	9	10	11	12	13
4	2	4	3	3	1

問題 3

14	15	16	17	18
2	3	2	2	1

問題 4

19	20	21	22	23	24
2	3	2	3	3	1

原文＋翻譯

問題 1

1ばん ▶MP3-25

男の人と女の人が話をしています。女の人はどれを買いますか。

F： これから、買い物に行くね。野菜や肉もなかったから。

M： じゃ、卵と牛乳も買って。

F： 分かった。それから、パンは？

M： それは、大丈夫。昨日買ったから。あっ、卵もまだあるからいいや。

翻譯

第1題

男人跟女人正在對話。女人要買哪樣東西呢？

F： 我接下來要去買東西囉！因為青菜跟肉都沒有了。

M： 那麼，也順便買蛋跟牛奶。

F： 我知道了！還有，麵包呢？

M： 那個不用。因為昨天買了。啊！蛋也還有，就先不用了。

答案：3

2ばん ▶MP3-26

おとこ ひと おんな ひと はなし
男の人と女の人が話をしています。最初に女の人は何をしますか。

M： そろそろ5時ですよ。今晩、仕事が終わったら、皆でお祭りに行く約束、覚え
ていますか？

F： もちろん。行く前に、駅の近くにあるレストランで、ご飯を食べませんか。

M： いいですね。でも、お祭りで、いろいろ食べるのもいいと思いませんか。

F： それもいいですね。じゃ、あとで駅で会いましょうね。帰って、シャワーを浴
びてから行きます。

翻譯

第2題

男人跟女人正在對話。女人最先要做什麼呢？

M： 快要5點了喔！約好今晚下班後，大家一起去廟會，還記得嗎？

F： 當然。去之前，要不要在車站附近的餐廳吃飯呢？

M： 好啊！但是，不覺得在廟會到處吃也不錯嗎？

F： 那也不錯耶。那麼，等等在車站見囉！我先回家洗個澡再去。

答案：1

3ばん　▶MP3-27

会社で陳さんの電話にメッセージを入れています。陳さんはこれからどうしますか。

M：今日は出張で東京へ行きますから、会議は明日の朝にしてください。今日の6時ぐらいに会社に戻りますから、陳さんに会えないかもしれませんね。うーん、今日中に会議の資料を準備しておきたいですけど……。じゃ、会議の資料は、あとで陳さんにメールで送りますから、印刷をお願いします。そして、私の机の上に置いておいてください。では、よろしくお願いします。

翻譯

第3題

在公司傳留言到陳先生的電話。陳先生接下來要做什麼呢？

M：因為今天要到東京出差，所以請將會議排到明天早上。我今天大約6點才會回到公司，可能會遇不到陳先生吧。嗯……，但是想在今天先將會議的資料準備好……。那麼，會議的資料，我等等會用電子郵件寄給陳先生，麻煩您幫我印出來。然後，請先放到我的桌上。那麼，就麻煩您了！

答案：2

247

4ばん ▶MP3-28

男の人と女の人が話をしています。二人はどの映画を見ますか。

M： 今日は仕事が終わったら、久しぶりに怖い映画でも見ませんか。陳さんの好き
　　なアメリカの映画ですよ。

F： えー、怖いのはちょっと……。この日本の映画はどうですか。

M： これは、韓国の映画ですよ。見たことがあります。面白かったですよ。でも、
　　もう一度見てもいいですよ。

F： そうですか。じゃ、これにしましょう。次は、怖くないアメリカ映画を見ま
　　しょうね。

1. アメリカの怖い映画
2. アメリカの怖くない映画
3. 日本の面白い映画
4. 韓国の面白い映画

翻譯

第4題

男人跟女人正在對話。兩人要看哪一部電影呢？

M： 今天下班後，要不要去看久違的恐怖片呢？是陳小姐喜歡的美國電影喔！

F： 欸，恐怖片有點……。這部日本片如何？

M： 這部，是韓國的電影喔！之前有看過。很有趣喔！但是，要再看一次也是可以
　　喔！

F： 這樣啊！那麼，就看這部吧！下次再看不恐怖的美國電影吧！

1. 美國恐怖片

2. 非恐怖類型的美國電影

3. 有趣的日本電影

4. 有趣的韓國電影

答案：4

5ばん ▶MP3-29

図書館で女の人と図書館の人が話をしています。女の人は、何冊本を借りますか。

F： この図書館では、１５冊まで借りられますよね。

M： はい、でも、来週月曜日から冬休みですから、来週からは３０冊まで借りられ
　　ますよ。

F： じゃ、今日はこれだけ借りて、来週また来て、借ります。

M： じゃ、あと１７冊大丈夫ですよ。

1. １３冊

2. １５冊

3. １７冊

4. ３０冊

翻譯

第5題

在圖書館女人正與圖書館人員對話。女人，借了幾本書呢？

F： 這圖書館，最多可以借到15本書對吧？

M： 是的，但是因為下星期一開始放寒假了，所以下週開始可以借到30本喔。

F： 那麼，今天就先借這些，其他下週再來借。

M： 那麼，還可以再借17本沒問題喔！

1. 13本　　　　2. 15本　　　　3. 17本　　　　4. 30本

答案：1

6ばん ▶MP3-30

<ruby>男<rt>おとこ</rt></ruby>の<ruby>学生<rt>がくせい</rt></ruby>と<ruby>女<rt>おんな</rt></ruby>の<ruby>学生<rt>がくせい</rt></ruby>が<ruby>話<rt>はなし</rt></ruby>をしています。<ruby>女<rt>おんな</rt></ruby>の<ruby>学生<rt>がくせい</rt></ruby>は<ruby>最初<rt>さいしょ</rt></ruby>にどこへ<ruby>行<rt>い</rt></ruby>きますか。

M： あとで<ruby>私<rt>わたし</rt></ruby>の<ruby>家<rt>いえ</rt></ruby>に<ruby>来<rt>き</rt></ruby>てください。<ruby>私<rt>わたし</rt></ruby>の<ruby>家<rt>いえ</rt></ruby>は、<ruby>学校<rt>がっこう</rt></ruby>の<ruby>前<rt>まえ</rt></ruby>の<ruby>道<rt>みち</rt></ruby>をまっすぐ<ruby>行<rt>い</rt></ruby>って、<ruby>2<rt>ふた</rt></ruby>つ<ruby>目<rt>め</rt></ruby>の<ruby>信号<rt>しんごう</rt></ruby>を<ruby>右<rt>みぎ</rt></ruby>に<ruby>曲<rt>ま</rt></ruby>がって、<ruby>200ｍ<rt>にひゃくメートル</rt></ruby>ぐらい<ruby>行<rt>い</rt></ruby>った<ruby>所<rt>ところ</rt></ruby>にあります。

F： <ruby>歩<rt>ある</rt></ruby>いてどのぐらいかかりますか。

M： <ruby>5分<rt>ごふん</rt></ruby>から<ruby>10分<rt>じゅっぷん</rt></ruby>ぐらいですね。あっ、<ruby>家<rt>いえ</rt></ruby>に<ruby>来<rt>く</rt></ruby>る<ruby>前<rt>まえ</rt></ruby>に、<ruby>家<rt>いえ</rt></ruby>の<ruby>向<rt>む</rt></ruby>かいにあるコンビニでこの<ruby>資料<rt>しりょう</rt></ruby>をコピーして、<ruby>持<rt>も</rt></ruby>って<ruby>来<rt>き</rt></ruby>てください。

翻譯

第6題

男學生正與女學生對話。女學生要先去哪裡呢？

M： 等等請來我家。我家，是從學校前面的路直走，第2個紅綠燈右轉，大約再走200公尺左右的地方。

F： 走路的話大概要多久呢？

M： 大概5到10分鐘唷。啊，來我家之前，請先在我家對面的便利商店影印這個資料帶過來。

答案：3

7ばん　▶MP3-31

男の子とお母さんが話をしています。男の子はこのあとどうしますか。

M：お母さん、これから友達と約束があるから、出かけるよ。

F：じゃあ、これ、おばさんの家に持って行って。魚だから、先におばさんの家に
　　行ってよ。

M：でも、魚を持って、バスに乗るのはちょっと……。

F：そうね。じゃ、私が持って行くから、帰りにケーキ屋に誕生日ケーキを取りに
　　行ってね。

翻譯

第7題

男孩正在與母親對話。男孩接下來要做什麼呢？

M：　媽！我等一下跟朋友有約，要出門喔！

F：　那麼，這個，幫我拿去阿姨家。因為是魚，所以先拿去阿姨家喔。

M：　但是，帶著魚，坐公車有點……。

F：　也是。那麼，我自己拿去好了，回來的時候順便去蛋糕店拿生日蛋糕喔！

答案：2

問題 2

8ばん　▶MP3-32

男の人と女の人が話をしています。男の人はどうして遅れましたか。

F： もうすぐ映画が始まりますよ。

M： ごめん、3時からの会議、部長が東京へ出張へ行って、帰って来たのが遅くなって、4時から始まったんだ。

F： それは、大変でしたね。仕事なら、仕方がありませんね。

M： でも、会社は6時に出たんだ。今日は金曜日で、それに雨だから、道に車がいっぱいで、いつもと違う道を通ったら、道が分からなくなったんだよ。

F： そうですか。でも、間に合ってよかったです。あっ、もうこんな時間、急ぎましょう。

1. 会議がありましたから。
2. 部長が出張から遅く帰ってきましたから。
3. 雨が降って、道が混んでいましたから。
4. 道に迷いましたから。

翻譯

第8題

男人跟女人正在對話。男人為什麼遲到呢？

F： 電影快開始了喔！

M： 抱歉！今天3點的會議，因為部長去東京出差，回來的時間晚了，所以會議延到4點才開始。

F： 那真是辛苦了啊。工作的話，也沒辦法啊。

M： 但是，6點就從公司出發了喔。今天是星期五，加上又下雨，所以路上車很多，想說走跟平常不同的路，就迷路了。

F： 那樣啊。但是，能趕上真是太好了。啊，已經這時間了，趕快入場吧！

1. 因為有會議。

2. 因為部長出差回來晚了。

3. 因為下雨，路上塞車。

4. 因為迷路。

答案：4

9ばん ▶MP3-33

<ruby>女<rt>おんな</rt></ruby>の<ruby>学生<rt>がくせい</rt></ruby>と<ruby>先生<rt>せんせい</rt></ruby>が<ruby>話<rt>はなし</rt></ruby>をしています。<ruby>学生<rt>がくせい</rt></ruby>は<ruby>来週<rt>らいしゅう</rt></ruby>の<ruby>何曜日<rt>なんようび</rt></ruby>に<ruby>宿題<rt>しゅくだい</rt></ruby>を<ruby>出<rt>だ</rt></ruby>しますか。

M： <ruby>今日<rt>きょう</rt></ruby>の<ruby>宿題<rt>しゅくだい</rt></ruby>は<ruby>来週<rt>らいしゅう</rt></ruby>の<ruby>月曜日<rt>げつようび</rt></ruby>に<ruby>出<rt>だ</rt></ruby>してください。

F： <ruby>先生<rt>せんせい</rt></ruby>、<ruby>金曜日<rt>きんようび</rt></ruby>から５<ruby>日間<rt>いつかかん</rt></ruby><ruby>休<rt>やす</rt></ruby>みですよ。

M： そうでしたね。じゃ、<ruby>連休<rt>れんきゅう</rt></ruby>が<ruby>終<rt>お</rt></ruby>わった<ruby>次<rt>つぎ</rt></ruby>の<ruby>日<rt>ひ</rt></ruby>に<ruby>出<rt>だ</rt></ruby>してください。

1. <ruby>火曜日<rt>かようび</rt></ruby>
2. <ruby>水曜日<rt>すいようび</rt></ruby>
3. <ruby>木曜日<rt>もくようび</rt></ruby>
4. <ruby>金曜日<rt>きんようび</rt></ruby>

翻譯

第9題

女學生正跟老師對話。學生下星期幾要交作業呢？

M： 今天的功課請在下星期一交。

F： 老師，從星期五開始是五連休喔。

M： 對耶。那麼，請在連假結束後的隔天交。

1. 星期二
2. 星期三
3. 星期四
4. 星期五

答案：2

10ばん ▶MP3-34

男の人と女の人が話をしています。鍵はどこにありましたか。

F： 陳さん、会議室の鍵、知りませんか。

M： いつもはドアの横の棚の上にある箱の中に入れてありますよ。

F： この箱の中だよね。

M： いいえ、その下の小さい箱ですよ。

翻譯

第10題

男人跟女人正在對話。鑰匙在哪裡呢？

M： 陳小姐，會議室的鑰匙，妳知道在哪嗎？

F： 通常是放在門旁架子上的箱子裡喔。

M： 在這個箱子裡對吧？

F： 不是，是那個下面的小箱子喔。

答案：4

11ばん ▶MP3-35

男<ruby>の<rt>おとこ</rt></ruby>人<ruby>ひと<rt></rt></ruby>と女<ruby>おんな<rt></rt></ruby>の人<ruby>ひと<rt></rt></ruby>が話<ruby>はなし<rt></rt></ruby>をしています。コンピューターが何台<ruby>なんだい<rt></rt></ruby>ありますか。

M： このコンピューター、使<ruby>つか<rt></rt></ruby>ってもいいですか。

F： それは、壊<ruby>こわ<rt></rt></ruby>れていますよ。これもちょっと調子<ruby>ちょうし<rt></rt></ruby>が悪<ruby>わる<rt></rt></ruby>いですから、じゃ、2階<ruby>にかい<rt></rt></ruby>に あるのを使<ruby>つか<rt></rt></ruby>ってください。

M： それは、今<ruby>いま<rt></rt></ruby>陳<ruby>ちん<rt></rt></ruby>さんが使<ruby>つか<rt></rt></ruby>っていて……。

F： じゃ、あと15分<ruby>じゅうごふん<rt></rt></ruby>でこの仕事<ruby>しごと<rt></rt></ruby>をしてしまいますから、このコンピューターをど うぞ。

翻譯

第11題

男人跟女人正在對話。有多少台電腦呢？

M： 請問這台電腦。可以用嗎？

F： 那台壞掉了喔。這台也有點問題，那麼，請使用在2樓的。

M： 那台，現在陳小姐在使用……。

F： 那麼，還有15分鐘我會把這個工作結束，請用這台電腦。

答案：3

12ばん ▶MP3-36

男の人と女の人が話をしています。二人は何を買いますか。

M： 来週のお母さんの誕生日プレゼント、どうする？

F： セーターは？

M： うーん、服はたくさんあるから……。

F： じゃあ、かばんは？

M： いいね。いつも古いの、使っているからね。

F： じゃ、絵がないのもいいけど、花が好きだから、これ、買う？

M： うん。そうだね。

翻譯

第12題

男人跟女人正在對話。兩個人要買什麼呢？

M： 下星期媽媽的生日禮物，怎麼辦呢？

F： 送毛衣呢？

M： 嗯～，已經有很多衣服了……。

F： 那麼，包包呢？

M： 不錯耶。因為平常都使用舊的呢。

F： 那麼，雖然沒有圖案的也不錯，但是因為喜歡花，所以這個，買嗎？

M： 嗯。好呀。

答案：3

13ばん ▶MP3-37

男<ruby>の人<rt>ひと</rt></ruby>と女<ruby>の人<rt>ひと</rt></ruby>が話<ruby>をしています<rt>はなし</rt></ruby>。テストが始<ruby>まるまであと何日<rt>はじ</rt></ruby>ありますか。

F： <ruby>来週<rt>らいしゅう</rt></ruby>からテストだね。

M： うーん、<ruby>僕<rt>ぼく</rt></ruby>、アルバイトが<ruby>忙<rt>いそが</rt></ruby>しくて、<ruby>全然勉強<rt>ぜんぜんべんきょう</rt></ruby>していないよ。

F： <ruby>大丈夫<rt>だいじょうぶ</rt></ruby>？<ruby>今日<rt>きょう</rt></ruby>はもう<ruby>木曜日<rt>もくようび</rt></ruby>だよ。

M： <ruby>大丈夫<rt>だいじょうぶ</rt></ruby>、<ruby>大丈夫<rt>だいじょうぶ</rt></ruby>、<ruby>月曜日<rt>げつようび</rt></ruby>は<ruby>連休<rt>れんきゅう</rt></ruby>で、<ruby>休<rt>やす</rt></ruby>みでしょう？

F： まあ、そうだけど……。

1. ５<ruby>日<rt>いつ か</rt></ruby>
2. ２<ruby>日<rt>ふつ か</rt></ruby>
3 ４<ruby>日<rt>よっ か</rt></ruby>
4. ３<ruby>日<rt>みっ か</rt></ruby>

翻譯

第13題

男人跟女人正在對話。離考試開始還有幾天呢？

M： 下週開始就要考試了。

F： 嗯～，我因為打工很忙，所以完全沒有讀書啊。

M： 還好嗎？今天已經是星期四了喔。

F： 沒問題，沒問題，星期一是連假，放假對嗎？

M： 這個嘛，也是啦……。

1. 5天　　　　2. 2天　　　　3. 4天　　　　4. 3天

答案：1

14ばん ▶MP3-38

荷物をたくさん持っている人がいます。何と言いますか。

1. 荷物、持ちませんか。
2. お手伝いしましょうか。
3. それは本当に重いですね。

翻譯

第14題

看到拿很多行李的人。要說什麼呢？

1. 要拿行李嗎？
2. 需不需要幫忙呢？
3. 那個真的很重呢！

答案：2

15ばん ▶MP3-39

高い所にある本がほしいです。何と言いますか。

1. あの本はとても高いですね。

2. もう少し安くしてください。

3. <u>すみません、あの本を取ってください。</u>

翻譯

第15題

想要拿放在很高的書。要說什麼呢？

1. 那本書好高喔！

2. 請再算便宜一點。

3. <u>不好意思，請幫我拿那本書。</u>

答案：3

16ばん ▶MP3-40

友<ruby>達<rt>ともだち</rt></ruby>は<ruby>元気<rt>げんき</rt></ruby>がありません。<ruby>何<rt>なん</rt></ruby>と<ruby>言<rt>い</rt></ruby>いますか。

1. どうしましょうか。

2. <u>どうしましたか。</u>

3. どうぞ、お<ruby>元気<rt>げんき</rt></ruby>で。

翻譯

第16題

朋友沒有精神。要說什麼呢？

1. 該怎麼辦呢？

2. <u>怎麼了嗎？</u>

3. 請保重。

答案：2

17ばん ▶MP3-41

しょるい か かた わ なん い
書類の書き方が分かりません。何と言いますか。

1. これは、どんな書類ですか。
2. これは、どう書いたらいいですか。
3. この書類は、書いてもいいですか。

翻譯

第17題

不知道如何填寫文件。要説什麼呢？

1. 這個，是怎麼樣的文件呢？
2. 這個，要如何填寫呢？
3. 請問可以寫這份文件嗎？

答案：2

第1回完全解析 聽解

第2回完全解析 聽解

第3回完全解析 聽解

18ばん ▶MP3-42

今日友達の体の調子が悪いです。何と言いますか。
<small>きょう ともだち からだ ちょうし わる なん い</small>

1. お大事に。
<small>だい じ</small>

2. ごゆっくり、どうぞ。

3. 頑張りましょう。
<small>がん ば</small>

翻譯

第18題

今天朋友身體不舒服。要説什麼呢？

1. 請保重。

2. 請慢慢來。

3. 加油吧。

答案：1

問題 4

19ばん ▶MP3-43

コーヒー、いかがですか。

1. <ruby>苦<rt>にが</rt></ruby>い<ruby>飲<rt>の</rt></ruby>み<ruby>物<rt>もの</rt></ruby>ですよ。

2. はい、いただきます。

3. はい、<ruby>私<rt>わたし</rt></ruby>もそう<ruby>思<rt>おも</rt></ruby>います。

翻譯

第19題

要喝咖啡嗎?

1. 很苦的飲料啊。

2. 好啊!那我就不客氣了。

3. 對啊!我也這麼覺得。

答案:2

20ばん ▶MP3-44

息子さん、おいくつですか。

1. 3つ、お願いします。
2. 息子は二人います。
3. もう20歳です。

翻譯

第20題

請問令郎幾歲呢？

1. 3個，麻煩了。

2. 我有兩個兒子。

3. 已經20歲了。

答案：3

21ばん (▶MP3-45)

どんな靴がいいですか。

1. 綺麗で、いいですね。
2. <u>黒くて、軽い靴がほしいです。</u>
3. 色がとてもいいです。

翻譯

第21題

怎樣的鞋子好呢？

1. 很漂亮，不錯耶！
2. <u>想要一雙黑色的又輕的鞋子。</u>
3. 顏色非常好看。

答案：2

22ばん ▶MP3-46

失礼します。

1. いいえ、失礼しませんよ。
2. いいえ、また失礼してくださいね。
3. はい、どうぞ。

翻譯

第22題

打擾了。

1. 不會，沒有失禮喔！
2. 不會，請再失禮喔。
3. 好的，請進。

答案：3

23ばん ▶MP3-47

<ruby>一<rt>いっ</rt></ruby><ruby>緒<rt>しょ</rt></ruby>に<ruby>映<rt>えい</rt></ruby><ruby>画<rt>が</rt></ruby>を<ruby>見<rt>み</rt></ruby>に<ruby>行<rt>い</rt></ruby>きませんか。

1. ええ、<ruby>行<rt>い</rt></ruby>きません。

2. ちょっと、<ruby>見<rt>み</rt></ruby>ませんね。

3. いいですね。

翻譯

第23題

要不要一起看個電影呢？

1. 好的，不去。

2. 有點不看耶。

3. 好呀。

答案：3

24ばん ▶MP3-48

会社(かいしゃ)はどちらですか。

1. アップル電気(でんき)です。

2. それです。

3. コンピューターの会社(かいしゃ)です。

翻譯

第24題

在哪一所公司上班呢？

1. 是蘋果電氣。

2. 就是那個。

3. 是電腦的公司。

答案：1

言語知識（文字・語彙）

解答

問題 1

1	2	3	4	5	6
2	3	3	1	1	3
7	8	9	10	11	12
4	4	2	3	2	3

問題 2

13	14	15	16
2	4	4	1
17	18	19	20
2	4	1	4

問題 3

21	22	23	24	25
4	3	3	4	1
26	27	28	29	30
4	2	2	3	4

問題 4

31	32	33	34	35
2	3	3	2	2

原文＋中譯＋解說

問題1

1. 家の前に車があります。家的前面有車。

解說

「前」的讀音唸作「まえ」，也會唸成「午前」的「ぜん」。

參考：1 中（中間）　3 後ろ（後面）　4 右（右邊）

答案：2

---

2. 市役所はどちらですか。市公所在哪邊？

解說

「所」的讀音唸作「しょ」，要小心不要跟長音的「しょう」還有拗音的「しゃ、しゅ」搞混了。

答案：3

---

3. その角を曲がってください。請在那個轉角轉彎。

解說

「角」的讀音唸作「かど」。另外，像「三角」（三角）的「角」可以唸成「かく」。

參考：1 緯度（緯度）　2 窓（窗戶）　4 宿（住宿）

答案：3

4.　今日は<ruby>水曜日<rt>きょう</rt></ruby>です。今天是星期三。

解說

來把「一週」背起來吧。

參考：<ruby>月曜日<rt>げつようび</rt></ruby>（星期一）、<ruby>火曜日<rt>かようび</rt></ruby>（星期二）、<ruby>水曜日<rt>すいようび</rt></ruby>（星期三）、<ruby>木曜日<rt>もくようび</rt></ruby>（星期四）、<ruby>金曜日<rt>きんようび</rt></ruby>（星期五）、<ruby>土曜日<rt>どようび</rt></ruby>（星期六）、<ruby>日曜日<rt>にちようび</rt></ruby>（星期天）

答案：1

5.　<ruby>趣味<rt>しゅみ</rt></ruby>はカラオケです。興趣是唱卡拉OK。

解說

「<ruby>趣味<rt>しゅみ</rt></ruby>」的讀音是「しゅみ」。「<ruby>趣味<rt>しゅみ</rt></ruby>」（興趣、嗜好）和選項2的「<ruby>興味<rt>きょうみ</rt></ruby>」（興趣）很容易搞錯，要多注意。

答案：1

6.　<ruby>明日<rt>あした</rt></ruby>は<ruby>二十日<rt>はつか</rt></ruby>です。明天是20日。

解說

「二十日」的發音很特別，唸作「はつか」。

答案：3

7.　<ruby>雑誌<rt>ざっし</rt></ruby>を2<ruby>冊<rt>にさつか</rt></ruby>買いました。買了兩本雜誌。

解說

「冊」的讀音是「さつ」，是計算書籍或雜誌等等時使用的數量詞。「1冊」唸「いっさつ」、「8冊」唸「はっさつ」、「10冊」唸「じゅっさつ」，這幾個數字加上「冊」會產生促音，要多注意。

參考：1　<ruby>本<rt>ほん</rt></ruby>（計算細長的東西）　2　<ruby>枚<rt>まい</rt></ruby>（計算薄的東西）

　　　3　<ruby>個<rt>こ</rt></ruby>（計算小的東西）

答案：4

8.　<ruby>自転車<rt>じ てんしゃ</rt></ruby>で<ruby>学校<rt>がっこう</rt></ruby>へ<ruby>行<rt>い</rt></ruby>きます。騎腳踏車去學校。

解説

「自転車」的讀音是「じてんしゃ」，常常會搞錯唸成「じでんしゃ」，要多留意。

答案：4

9.　<ruby>英語<rt>えい ご</rt></ruby>を<ruby>習<rt>なら</rt></ruby>っています。正在學英文。

解説

「英語」的讀音是「えいご」。「えい」的部分會變成長音，聽起來像「ええ」一樣。

答案：2

10.　<ruby>兄弟<rt>きょうだい</rt></ruby>がいますか。有兄弟姊妹嗎？

解説

「兄弟」的讀音是「きょうだい」。請不要跟拗音的「きゃ、きゅ」或是非長音的「きょ」搞混。

答案：3

11.　<ruby>時計<rt>と けい</rt></ruby>がありませんから、<ruby>時間<rt>じ かん</rt></ruby>が<ruby>分<rt>わ</rt></ruby>かりません。

　　　因為沒有時鐘，所以不知道時間。

解説

「時計」的讀音是「とけい」。「けい」的音變成長音，要注意聽起來會變成「けえ」的讀音。

答案：2

12. 先生の<ruby>住所<rt>じゅうしょ</rt></ruby>を<ruby>知<rt>し</rt></ruby>っていますか。 知道老師的住址嗎？

<ruby>先生<rt>せんせい</rt></ruby>

解說

「住所」的讀音是「じゅうしょ」。請注意前面的漢字雖然是長音，但後面的漢字不是長音。

答案：3

13. 北海道の冬はとても寒いです。 北海道的冬天非常冷。

解說

「寒い」的讀音是「さむい」。反義是「暑い」（炎熱的）。

答案：2

---

14. コンビニで飲み物を買います。 在便利商店買飲料。

解說

「ン」跟「ソ」很像，請注意不要搞混。

答案：4

---

15. 池に魚がいます。 池子裡有魚。

解說

「いけ」寫作「池」。
參考：1 海（海） 2 川（河川） 3 湖（湖）

答案：4

---

16. 窓の側に鳥がいます。 窗戶的旁邊有鳥。

解說

「まど」寫作「窓」。
參考：2 家（家） 3 角（角落） 4 外（外面）

答案：1

---

17. 今日_{きょう}はとても暑_{あつ}いです。今天非常熱。

解說

「あつい」寫作「暑い」（炎熱的）。反義是「寒_{さむ}い」（寒冷的）。選項1的「熱い」雖然也唸成「あつい」，但不會應用在天氣這方面上面。「熱_{あつ}い」（燙的）的反義詞是「冷_{つめ}たい」（冰冷的）。選項3的「厚い」雖然也唸成「あつい」，但中文意思是「厚的」。

答案：2

18. この問題_{もんだい}は難_{むずか}しいです。這個問題很難。

解說

「もんだい」寫作「問題」。

參考：1　資料_{しりょう}（資料）　2　宿題_{しゅくだい}（作業）　3　作文_{さくぶん}（作文）

答案：4

19. 電気_{でんき}がついていますから、部屋_{へや}が明_{あか}るいです。因為燈開著，所以房間很亮。

解說

「でんき」寫成「電気」。雖然選項1「電気」、選項2「電機」、選項3「電器」都唸成「でんき」，但因為有「房間很亮」，所以應該要選1「電燈」的意思。

答案：1

20. 明日_{あした}はテストがありますから、勉強_{べんきょう}しなければなりません。

明天有考試，不讀書不行。

解說

雖然全部都是「テ」在字首，但意思完全不一樣。

參考：1　テープ（錄音帶）　2　テニス（網球）　3　テント（帳篷）

答案：4

21. 今忙しいですから、（あとで）来てください。因為現在很忙，請待會兒再來。

解說

因為上文敘述「今忙しいですから」（因為現在很忙），所以選項4「あとで」（待會兒）較適合。

參考：1 そろそろ（差不多） 2 だんだん（漸漸） 3 まだ（還沒）

答案：4

---

22. 「お茶とコーヒーと（どちら）が好きですか。」

「茶和咖啡，喜歡哪一個呢？」

「コーヒーのほうが好きです。」「比較喜歡咖啡。」

解說

請記住句型「AとBとどちらが～」（A和B，哪一個比較～）。

參考：1 いかが（如何） 2 どんな（什麼樣的） 4 なに（什麼）

答案：3

---

23. この問題は（簡単）です。這個問題很簡單。

解說

因為主詞是「この問題」（這個問題），所以選項3「簡単」（簡單）較恰當。選項1「上手」（擅長）和選項2「下手」（不擅長）的主詞須為「人」。選項4的意思為「丈夫」（堅固的）。

答案：3

24. （サッカー）を見に行きませんか。要一起去看足球嗎？

解說

足球寫作「サッカー」。

答案：4

---

25. 用事がありますから、早く（帰り）たいです。因為有點事，所以想早點回家。

解說

因為上文敘述「用事がある」（有事情），所以「早く帰りたい」（想要早點回家）
較適合。

參考：2　急ぎ（著急）　3　動き（動）　4　決まり（決定）

答案：1

---

26. 毎日部屋を（掃除）します。每天都會打掃房間。

解說

因為上文敘述「部屋を」（房間），所以「掃除します」（清掃）較適合。

參考：1　電話（電話）　2　洗濯（洗衣服）　3　研究（研究）

答案：4

---

27. その辞書はとても（厚い）です。那本字典非常厚。

解說

因為主詞是「その辞書」（那本字典），所以形容詞用「厚い」（厚的）較恰當。

參考：1　長い（長的）　3　短い（短的）　4　太い（胖的）

答案：2

---

28. 砂糖をたくさん入れましたから、コーヒーはとても（甘く）なりました。

因為加了很多糖，所以咖啡變得非常甜。

解説

因為上文敘述「砂糖をたくさん入れました」（加了很多糖），所以可以清楚知道「甘く」（甜的）較適當。

參考：1 辛く（辣的）　3 厚く・熱く・暑く（厚的；燙的；炎熱的）

　　　4 冷たく（冰冷的）

答案：2

---

29. 1人2つ（ずつ）りんごをもらいました。每一個人各拿到了兩顆蘋果。

解説

因為前面敘述「1人」（一個人），所以很清楚地可以知道「1人2つずつりんごをもらいました」（每一個人各拿到了兩顆蘋果）較適當。

參考：1 過ぎ（超過）　2 前（前面）　4 頃（左右、前後）

答案：3

---

30. 「家から駅まで（どのくらい）かかりますか。」

「從家裡到車站大約要花多久時間呢？」

　　「歩いて10分ぐらいです。」「走路大約十分鐘左右。」

解説

因為回答為「歩いて10分ぐらいです」（走路大約十分鐘左右），所以疑問詞用「どのくらい」（大約多久）較適當。

參考：1 いくつ（幾個）　2 なんで（為什麼）　3 いくら（多少錢）

答案：4

問題4

31. いつも主人が洗濯をします。一直都是丈夫洗衣服。

    1 主人は一週間に2回洗濯をします。丈夫一週洗衣服二次。
    2 洗濯は主人の仕事です。洗衣服是丈夫的工作。
    3 いつも主人が皿を洗います。一直都是丈夫洗盤子。
    4 主人は洗濯が好きです。丈夫喜歡洗衣服。

解説

「いつも」是「總是」的意思，所以選項1的「2回洗濯をします」（洗二次）並不合適，選項3的「皿を洗います」（洗盤子）的部分錯誤，選項4的「洗濯が好き」（喜歡洗衣服）因為在句中並沒有説到，所以選項2會比較好。

答案：2

32. 来週の月曜日までに返してください。請在下星期一前歸還。

    1 来週の月曜日に返します。下星期一歸還。
    2 今週の日曜日までに返さなければなりません。到這週的星期日前一定要歸還。
    3 来週の月曜日まで借りることができます。可以借到下星期一。
    4 来週の火曜日に返してもいいです。下星期二歸還也可以。

解説

因為題目的「来週の月曜日までに返してください」的「来週の月曜日」有歸還日期，所以只要是在那之前，要什麼時候歸還都可以。選項1因為是「月曜日に」，也就是限定星期一這天，所以錯誤。此外，因為可以在下星期一歸還，所以選項2「日曜日までに返さなければならない」（必須在星期天前歸還）錯誤。至於選項4寫下星期二歸還，但是因為期限在下星期一，所以下星期二已超過期限，故錯誤。

答案：3

281

33. この問題は難しくありません。 這個問題不難。

   1 この問題は安いです。 這個問題很便宜。

   2 この問題は大変です。 這個問題很難。

   3 この問題は易しいです。 這個問題很簡單。

   4 この問題は多いです。 這個問題很多。

解說

題目「難しくありません」（不難）的意思就是「簡單」，所以選項3的類義語「易しい」（簡單的）是正確答案。另外，選項1的「安い」是「便宜的」的意思，因為有很多人會和「～やすい」（容易～）的「やすい」搞錯，請特別注意。至於選項2的「大変」是「辛苦的」、選項4的「多い」是「很多的」的意思，和題目不符，故錯誤。

答案：3

---

34. 兄は独身です。 哥哥單身。

   1 まだ子供がいません。 還沒有小孩。

   2 結婚していません。 還沒結婚。

   3 奥さんがいます。 有太太。

   4 家族と一緒に住んでいます。 和家人一起住。

解說

題目「どくしん」是「單身」的意思，代表著還沒結婚，所以答案是2。選項1因為有「儘管結婚了，但還沒有小孩」的可能，所以錯誤。選項3因為有「奥さん」（太太），意思是已經結婚了，所以不行。選項4因為「即使是單身，還是可以和家人一起住」，所以稱不上答對。

答案：2

35. <u>昨日会社を辞めました。</u> 昨天向公司辭職了。

　1　今日から会社は休みです。 今天開始公司休息。

　2　<u>今日から会社へ行きません。 從今天開始不去公司。</u>

　3　昨日会社を休みました。 昨天向公司請假了。

　4　昨日仕事を忘れました。 昨天忘記工作了。

解説

題目「やめる」是「辭職」的意思，所以選項1「休みです」（休息）、選項3「休みます」（要休息）、選項4「仕事を忘れました」（忘記工作了）這些意思全部錯誤。總之，因為昨天向公司辭職了，所以選項2的「今日から会社へ行きません」（從今天開始不去公司）會是答案。

答案：2

言語知識（文法）・讀解

解答

問題 1

1	2	3	4	5	6	7	8
2	1	2	3	2	3	1	4
9	10	11	12	13	14	15	16
4	1	2	4	2	2	3	1

問題 2

17	18	19	20	21
2	3	4	4	4

問題 3

22	23	24	25	26
2	2	2	2	2

問題 4

27	28	29
2	4	3

問題 5

30	31
3	4

問題 6

32
1

原文＋中譯＋解說

問題 1

1. 今日の会議は2時（から）です。今天的會議從二點開始。

解說

「から」表示時間的起點。至於選項1的「に」，雖然也是用來表示時間，但是因為「に」的後面沒有表示動作的動詞，所以在這裡不能使用。

答案：2

2. 明日は（雨）かもしれません。明天可能會下雨。

解說

「かもしれません」（説不定）的前面要用普通形。但是名詞和な形容詞的現在肯定形例外，要像「名詞・な形容詞＋かもしれません」這樣，後面直接接續「かもしれません」就好。此外，因為這裡有「明日」（明天），所以不會使用選項3的「雨だった」（下雨）這樣的名詞過去肯定的普通形。

答案：1

3. 日本語の先生は（どんな）人ですか。日文老師是怎麼樣的人呢？

解說

在這之中，可以接續名詞的疑問詞，只有「どんな」（怎麼樣的）而已。「どんな」的後面一定要接續名詞。

答案：2

4. 東京は物価（が）高いです。東京的物價很高。

解説

像「AはBが〜」這種的句型，「Bが〜」表示「B」是「A」的一部分。也就是說，「東京は」（東京）是主體，「物価が高い」（物價很高）是東京的一部分。

答案：3

---

5. 本を（見）ながら料理をします。邊看書邊做料理。

解説

「ながら」（一邊〜一邊〜）的前面要用動詞ます形。但是，不會就直接用「見ます」（看），「ます」必須拿掉，所以變成「見」。

答案：2

---

6. （もう）遅いですから、そろそろ失礼します。已經很晚了，我差不多該失陪了。

解説

「もう」是「已經」的意思。選項1的「まだ」是「還沒」，選項2的「また」是「還、又」，選項4的「もっと」是「更加」。

答案：3

---

7. バス（に）乗って買い物に行きます。搭巴士去買東西。

解説

「乗ります」（搭乘）的前面，要使用到達點的「に」。

答案：1

8. 星がたくさん出ていますから、明日（晴れるでしょう）。

因為有很多星星冒出來，所以明天會是好天氣吧！

解説

因為有提到「星がたくさん出ている」（很多星星冒出來），所以選項3的「晴れません」（不會是晴天）不對。而題目又提到「明日」（明天），所以表示現在狀態的選項1「晴れています」（正是晴天）也不對。因此，表達推測的「～でしょう」（應該是～吧）是正確選項。

答案：4

9. 兄は歌が（上手では）ありません。哥哥不擅長唱歌。

解説

因為「上手」（擅長）是な形容詞，所以否定形會變成「ではありません」。

答案：4

10. 昨日私はどこ（も）出かけませんでした。我昨天哪裡都沒去。

解説

疑問詞「どこ」＋「も」＋否定形（哪裡也不～），表示全面的否定。

答案：1

11. 雪が降って、寒いです（ね）。下雪了，好冷啊。

解説

「ね」有徵求對方認同的意思。

答案：2

12. これから（会う）人は誰ですか。接下來會碰到的人會是誰呢？

解説

在這種用動詞來修飾名詞「人」（人）的情況下，動詞必須使用普通形。且由於題目中有「これから」（接下來）這種表示未來的副詞，所以要用表示「現在普通形」的辭書形。

答案：4

---

13. （いつか）また旅行に行きたいです。總有一天還想再去旅行。

解説

「いつか」是「總有一天」的意思。

答案：2

---

14. 「日曜日どこ（か）行きましたか。」
　　「ええ、台北へ映画を見に行きました。」

「星期天，去了哪裡嗎？」

「是的，去台北看電影了。」

解説

「か」有不太確定的意思，「どこか」是「去了哪裡嗎？」的意思。在這裡因為對方用「はい」（是的）來回答，所以用「どこか」是適合的。如果只用「どこ」（哪裡），因為「どこ」是疑問詞，所以用「はい」來回答會很奇怪。

答案：2

15. 初めて富士山（に）登りました。第一次爬富士山。

解説

「登ります」（登）的前面，要用表示到達點的「に」。

答案：3

---

16. コップを（3つ）買いました。買了三個杯子。

解説

當「コップ」（杯子）裡面有裝喝的東西的情況下，可以像選項4「3杯」（三杯）那樣的説法，但是當杯子裡面什麼東西都沒有的情況下，杯子自己本身則要用「3つ」（三個）來數。

答案：1

17. 日本語を　3年　勉強して　いますが、上手に　話すことができません。
★

雖然學日文三年了，但講得不太好。

解說

因為是「已經學日文三年了」，所以看到「日本語を」（日文），就知道要接續「勉強しています」（已經學）了吧！然後，因為「話すことができません」（不會說）是動詞，所以要用「な形容詞＋に」的形式，也就是把「上手に」（高明地）當作副詞，加在「話すことができません」的前面來修飾，中文意思是「沒辦法說得很好」。最後，看到這兩句的關係，就知道用逆接的「が」（雖然～但是～）來連接這兩句會比較好。

答案：2

---

18. あの　青い　りんごは　3つ　で　500円です。
★

那個青蘋果三個總共五百日圓。

解說

「で」表示「範圍」，「數量＋で＋合計金額」這樣的用法很常見。

答案：3

---

19. 日曜日は　出かけ　ないで、家で　本を　読みます。

星期日不出門，要在家裡看書。

解說

「ないで」的前面要接續動詞的「ない形」，變成「出かけないで」（不出門），當「ないで」放在文中，表示不會做「ないで」前面動詞的動作，而是做「ないで」後

面動詞的動作。而文末因為有「読<ruby>読<rt>よ</rt></ruby>みます」（讀），所以要連接成「<ruby>本<rt>ほん</rt></ruby>を<ruby>読<rt>よ</rt></ruby>みます」（讀書），然後前面加上「<ruby>家<rt>いえ</rt></ruby>で」（在家裡）表示做動作的場所，變成「<ruby>家<rt>いえ</rt></ruby>で<ruby>本<rt>ほん</rt></ruby>を<ruby>読<rt>よ</rt></ruby>みます」（在家讀書）。

答案：4

---

20. <ruby>私<rt>わたし</rt></ruby>が　<ruby>買<rt>か</rt></ruby>いたかった　セーターは　<ruby>買<rt>か</rt></ruby>いに　<ruby>行<rt>い</rt></ruby>った　<ruby>時<rt>とき</rt></ruby>には　もう　ありませんでした。　★

　　我想買的那件毛衣，在我去買的時候已經沒了。

解說

首先，在主題「は」的前面，要用連體修飾放在名詞「セーター」（毛衣）的前面，也就是要用「<ruby>買<rt>か</rt></ruby>いたかった」（之前想買）這樣的動詞過去式的普通體，來修飾後面的名詞「セーター」。然後，「動詞（ます形）＋に＋移動動詞（<ruby>行<rt>い</rt></ruby>きます）」（為了做～而去）這樣的句型，其中「<ruby>買<rt>か</rt></ruby>いに」（為了買）是「<ruby>行<rt>い</rt></ruby>った」（去了）的移動目的，後面再接續「<ruby>時<rt>とき</rt></ruby>」（時候）。最後，因為「もう」是「已經」的意思，所以要變成「もうありませんでした」，也就是「已經沒有了」。

答案：4

---

21. <ruby>週末<rt>しゅうまつ</rt></ruby>は　<ruby>買<rt>か</rt></ruby>い<ruby>物<rt>もの</rt></ruby>に　<ruby>行<rt>い</rt></ruby>ったり、<ruby>友達<rt>ともだち</rt></ruby>に　<ruby>会<rt>あ</rt></ruby>ったり　して　います。
　　　　　　　　　　　　　　　　　★

　　我週末通常會去買買東西、找找朋友。

解說

因為要變成「～たり～たり～します」這樣的句形，所以會變成「<ruby>買<rt>か</rt></ruby>い<ruby>物<rt>もの</rt></ruby>したり」（買買東西）和「<ruby>友達<rt>ともだち</rt></ruby>に<ruby>会<rt>あ</rt></ruby>ったり」（找找朋友）。另外，因為文末是「います」，所以「します」要變成「て形」，也就是「しています」，表示習慣。

答案：4

（1）

　　窓の外に鳥が３匹いて、朝早くから鳴いています。今日は休みの日ですから、（22．ゆっくり）寝たかったですが、早く目（23．　が）覚めました。でも、鳥の声は（24．きれいで）、気分がとてもいいです。

翻譯

窗外有三隻鳥，一大早就開始叫著。因為今天是假日，所以儘管想好好地睡，但是很早就醒來了。不過，鳥的叫聲很好聽，感覺非常好。

解說

22.

選項1「ながい」是「長的」；選項2「ゆっくり」是「好好地」；選項3「しずか」是「安靜」；選項4「まっすぐ」是「直直地」。因為（　）的後面是動詞，所以選項1「い形容詞」和選項3「な形容詞」都不能選。「ゆっくり寝たかったです」是「想好好地睡」的意思，所以答案是選項2。

答案：2

23.

因為「覚めました」是自動詞，使用自動詞要表達的是一種結果，所以要選「が」。

答案：2

24.

因為「**きれい**」是な形容詞，而選項1「去い＋くて」是い形容詞的用法，選項3「＋の」是名詞的用法，所以都不能選。至於選項4「きれいな」，只有後面要接續名詞才會變成「～な」，所以不對。這裡要選擇用來表示理由的「な形容詞＋で」，也就是選項2「きれいで」才對。

答案：2

---

(2)

今日は体の調子が悪いです。（25.　しかし）午後から（26.　大切な）会議がありますから、仕事を休むことができるかどうか分かりません。

翻譯

今天身體不舒服。但是下午開始有重要的會議，所以不知道可不可以請假。

解說

25.

選項1「ですから」是「因為」；選項2「しかし」是「但是」；選項3「それでは」是「那麼接下來」；選項4「それから」是「然後」。

答案：2

26.

因為「**大切**」是「な形容詞」，後面要接名詞的話必須加上「な」，變成「**大切な**」才對。

答案：2

（1）

母からりんごを 9 つもらいました。 4 つ隣のおばさんにあげました。そして、 2 つ食べました。

翻譯

從媽媽那裡拿了九顆蘋果。我把四顆給了隔壁的阿姨。然後，我吃了二顆。

27. 今いくつありますか。

　　　1　1つ　**2　3つ**　3　5つ　4　6つ

翻譯

現在有幾顆蘋果？

1　一顆　**2　三顆**　3　五顆　4　六顆

解說

請好好記住「 1 つ〜10」（一〜十）的説法吧！

答案：2

（2）

今週日本へ旅行に行きます。来週の水曜日旅行から帰ります。旅行は四日間です。

翻譯

這星期要去日本旅遊。下週三回來。旅行四天。

28. 旅行へ行くのは何曜日ですか。

　　　1　火曜日　2　木曜日　3　金曜日　**4　日曜日**

翻譯

星期幾去旅行呢？

1　星期二　2　星期四　3　星期五　**4　星期日**

解說

請好好記住「今週^{こんしゅう}」（這星期）、「来週^{らいしゅう}」（下星期）以及「曜日^{ようび}」（星期幾）這些單字吧！

答案：4

（3）

　　先週^{せんしゅう}、陳さんに料理^{りょうり}の本^{ほん}を借^かりました。ケーキを作^{つく}って、林^{りん}さんと王^{おう}さんにケーキをあげました。明日^{あした}陳^{ちん}さんに本^{ほん}を返^{かえ}します。

翻譯

上星期，跟陳小姐借了料理的書。我做了蛋糕給林小姐跟王小姐。明天要還書給陳小姐。

29. 料理^{りょうり}の本^{ほん}は今^{いま}誰^{だれ}が持^もっていますか。

　　1　陳^{ちん}さん　2　林^{りん}さん　**3　私^{わたし}**　4　王^{おう}さん

翻譯

料理的書現在在誰那邊呢？

1　陳小姐　2　林小姐　**3　我**　4　王小姐

解說

從「先週^{せんしゅう}、陳^{ちん}さんに料理^{りょうり}の本^{ほん}を借^かりました。」（上星期，跟陳小姐借了料理的書。）以及「明日^{あした}陳^{ちん}さんに本^{ほん}を返^{かえ}します。」（明天要還書給陳小姐。）就可以知道，書現在在「私^{わたし}」（我）這邊。

答案：3

アンさんはマリアさんに手紙とプレゼントを送りました。

マリアさん

お元気ですか。

オーストラリアは今寒いです。先週シンガポールへ行きましたが、とても暑かったです。台湾も毎日暑い日が続いているでしょう。

来週の水曜日、７月２４日はマリアさんの誕生日ですね。

「誕生日おめでとう！」

この手紙と一緒にプレゼントを送ります。2週間ぐらいかかりますから、たぶん誕生日までに着くでしょう。

では、また連絡します。

２０１８年７月7日　　アン

翻譯

安小姐送了信和禮物給瑪麗亞小姐。

瑪麗亞小姐

妳好嗎？

澳洲現在很冷。上個星期去了新加坡，非常熱。台灣應該也是每天都很熱吧！

下星期三，七月二十四日是瑪麗亞小姐的生日呢！

「生日快樂！」

和這封信一起寄上禮物。因為要花二個星期左右，應該會在生日以前送到吧！

那麼，再連絡！

2018年7月7日　　安

---

30. マリアさん今どこにいますか。

    1　マリアさんはオーストラリアにいます。

    2　マリアさんはシンガポールにいます。

    3　マリアさんは台湾にいます。

    4　マリアさんはデパートにいます。

翻譯

瑪麗亞小姐現在在哪裡呢？

1　瑪麗亞小姐在澳洲。

2　瑪麗亞小姐在新加坡。

3　瑪麗亞小姐在台灣。

4　瑪麗亞小姐在百貨公司。

解說

寫這封信的人是安小姐，收這封信的人是瑪麗亞小姐。安小姐在澳洲，但是從安小姐寫給瑪麗亞小姐「台湾も毎日暑い日が続いているでしょう。」（台灣應該也是每天都很熱吧！）這樣的內容，就知道瑪麗亞小姐是在台灣。

答案：3

31. この手紙で一番言いたいことは何ですか。

    1　オーストラリアは7月でもとても寒いこと。

    2　先週シンガポールへ旅行に行ったこと。

    3　オーストラリアから台湾まで2週間でプレゼントが着くこと。

    4　誕生日のお祝いをしたかったこと。

這封信中最想說的事是什麼呢？

1　在澳洲即使是七月也是非常冷。

2　上個星期去了新加坡旅行。

3　從澳洲送禮物到台灣要二個星期。

4　想要祝福生日。

解說

日本人在進入話題之前，有個習慣會在信的開頭先寫關於季節或者天氣。所以，能知道選項1跟選項2是錯誤的。而選項3只是想說的事情的追加訊息而已，所以答案是選項4的「誕生日のお祝いをしたかったこと」（想祝福生日快樂）。

答案：4

問題6

　　家族（かぞく）で日本（にほん）へ旅行（りょこう）しますから、ホテルを予約（よやく）しなければなりません。私（わたし）は買（か）い物（もの）や観光（かんこう）がしたいですから、バスや地下鉄（ちかてつ）の駅（えき）から近（ちか）いほうがいいです。英語（えいご）はできますが、日本語（にほんご）は全然（ぜんぜん）できません。それから、両親（りょうしん）は温泉（おんせん）が好（す）きです。

※予算（よさん）は3人（さんにん）で15000円（いちまんごせんえん）以内（いない）です。

32.

1　桜旅館（さくらりょかん）

2　シーサイドホテル

3　富士旅館（ふじりょかん）

4　ニュービジネス大阪（おおさか）

翻譯

因為要跟家族去日本旅行，所以不預約飯店不行。我想要購物或者觀光，所以想要在離巴士或地鐵車站比較近的地方。我會英文，但是日語完全不會。還有，我父母喜歡溫泉。

※預算是三個人一萬五千日圓以內。

さくらりょかん
桜旅館

おお　　　おんせん
大きい温泉があります

マッサージができます

えき　　　　ごふん
駅から5分です

えいご　　ちゅうごくご
英語、中国語OK

ひとり　よん せん えん
一人 4 000円

櫻旅館

有很大的溫泉

可以按摩

從車站五分鐘

英文、中文OK

一個人四千日圓

ふ　じ りょかん
富士旅館

へ　や　　おんせん
部屋に温泉があります

カラオケルームがあります

えき　　　　さんぷん
駅から3分です

ひとり　よん せん えん
一人 4 000円

富士旅館

房間裡有溫泉

有卡拉ok室

從車站三分鐘

一個人四千日圓

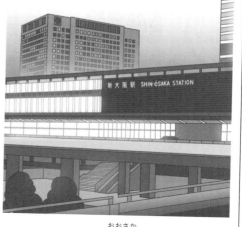

シーサイドホテル

プールがあります

Wifiがあります

英語、中国語、韓国語OK

一人 6 000円

海邊飯店

有游泳池

有無線網路

英文、中文、韓文OK

一個人六千日圓

ニュービジネス大阪

地下鉄駅の隣で、交通が便利です。

朝ご飯は＊無料です

英語OKです

一人 3 000円です

新商業大阪

在地鐵車站的旁邊，交通方便。

早餐免費

英文OK

一個人三千日圓

1　櫻旅館

2　海邊飯店

3　富士旅館

4　新商業大阪

答案：1

聴解

解答

問題 1

1	2	3	4	5	6	7
2	1	2	4	4	2	3

問題 2

8	9	10	11	12	13
4	1	4	3	4	1

問題 3

14	15	16	17	18
2	1	2	3	1

問題 4

19	20	21	22	23	24
1	3	1	3	2	2

原文＋翻譯

問題 1

1ばん　▶MP3-49

男の人と女の人が話をしています。男の人はこのあとどうしますか。

M： これから友達と会う約束があるから、先に出かけるよ。

F： 分かった。私もこれから駅前の美容院へ行くよ。

M： そうなんだ。最近、僕も髪が長くなったなあ。

F： じゃ、一緒に行く？わたしは３時ごろ行きたいけど、どう？

M： ３時はちょっと……。じゃ、僕は友達と会う前に行くよ。

F： 早く終わったら、電話するね。一緒にご飯食べてから、帰らない？

M： いいね。

翻譯

第1題

男人跟女人正在對話。男人接下來要做什麼呢？

M： 接下來跟朋友有約，所以先出門囉！

F： 知道了！我接下來也要去車站前的美容院喔。

M： 那樣啊！最近，我的頭髮也變長了呢！

F： 那麼，要一起去嗎？我想3點左右去，如何？

M： 3點的話有點……。那麼，我跟朋友見面前去好了。

F： 提早結束的話，打個電話給我吧。要不要一起吃個飯後，再回來？

M： 好啊。

答案：2

2ばん ▶MP3-50

びょういん ひと おんな ひと はなし
病院の人と女の人が話をしています。

おんな ひと
女の人はこのあとどうしますか。

M： どうしましたか。

F： いっしゅうかんまえ なか ちょうし わる
一週間前からお腹の調子が悪いんです。

M： まえ き
前に来たことがありますか。

F： いいえ。

M： はじ ひと しょるい か む せき すわ ま
初めての人は、まずこの書類を書いてから、向こうの席に座って待っていてく

ださい。 なまえ よ うけつけ き
名前を呼びますから、また受付に来てください。

F： わ でんわ お しゅじん でんわ
はい、分かりました。あっ、電話はどこですか。終わったら、主人に電話をか

けたいんです。

翻譯

第2題

醫院的人跟女人正在對話。女人接下來要做什麼呢？

M： 請問怎麼了嗎？

F： 一週前開始肚子就不舒服。

M： 之前有來過嗎？

F： 沒有。

M： 第一次來的人，請先填這個表單，然後到對面的位子稍坐等候。叫到您的名字

後，再來櫃台。

F： 好的，我知道了。啊，請問電話在哪裡呢？結束之後，想要打電話給老公⋯⋯。

答案：1

3ばん ▶MP3-51

先生が話をしています。学生はこのあとどうしますか。

F： 明日から卒業旅行です。あとで、保険証のコピーを出してください。明日のお
昼ご飯は学校が用意をしますから、これから、一人４００円ずつ集めますね。
バスは７時半に学校を出ますから、遅れないでください。朝ご飯は学校へ来る
前に食べてくださいね。バスの中でご飯を食べてはいけませんよ。

翻譯

第3題

老師正在說話。學生接下來要做什麼呢？

F： 明天開始就是畢業旅行。等一下，請先繳交健保卡影本。明天午餐會由學校準
備，所以接下來每個人分別收400日圓喔。巴士7點半會從學校出發，所以請不
要遲到。早餐請在來學校前吃完喔。在巴士上禁止飲食喔！

答案：2

4ばん ▶MP3-52

郵便局（ゆうびんきょく）の人（ひと）と女（おんな）の人（ひと）が話（はなし）をしています。女（おんな）の人（ひと）はいくら払（はら）いますか。

F： オーストラリアまで荷物（にもつ）を送（おく）りたいんですが、どのくらいかかりますか。

M： 航空便（こうくうびん）は2週間（にしゅうかん）ぐらいで、船便（ふなびん）は3（さん）、4週間（よんしゅうかん）ぐらいかかりますよ。

F： そうですか。いくらですか。

M： 船便（ふなびん）は安（やす）いですよ。2300円（にせんさんびゃくえん）ぐらいです。航空便（こうくうびん）は1000円（せんえん）ぐらい高（たか）くなりますね。

F： そうですか。3（さん）、4週間（よんしゅうかん）はちょっと長（なが）いですから、じゃ、航空便（こうくうびん）でお願（ねが）いします。

1. 2週間（にしゅうかん）〜4週間（よんしゅうかん）ぐらい　　2. 1000円（せんえん）
3. 2300円（にせんさんびゃくえん）　　4. 3300円（さんぜんさんびゃくえん）

翻譯

第4題

郵局的人跟女人正在對話。女人要付多少錢呢？

F： 想寄送包裏到澳洲，請問大概會花多久時間呢？

M： 空運大約要兩週，海運大約要花3到4週左右喔。

F： 那樣啊！多少錢呢？

M： 海運很便宜喔！大約2300日圓左右。空運會貴1000日圓左右。

F： 那樣啊。因為3到4週有點太久了，那麼，請幫我寄空運。

1. 2〜4週左右　　　　　　　　2. 1000日圓
3. 2300日圓　　　　　　　　4. 3300日圓

答案：4

5ばん ▶MP3-53

えき おとこ ひと おんな ひと はなし
駅で男の人と女の人が話をしています。二人は何時の電車に乗りますか。

M： 電車は1時50分ですね。今は1時半ですから、大丈夫ですね。

F： でも、コンサートは2時半ですから、もう少し早い電車で行きませんか。

M： 一つ早い電車は1時半ですよ。じゃ、バスはどうですか。

F： バスは1時40分のがありますけど、バス停はコンサート会場まで歩くと遠いです。

M： そうですか。タクシーは20分ぐらいしかかからないですが、3000円ぐらいかかりますよ。

F： じゃ、やっぱり電車にしましょうか。

翻譯

第5題

在車站，男人跟女人正在對話。兩人要搭幾點的電車呢？

M： 電車是1點50分呢。現在才1點半，沒問題呢。

F： 但是，音樂會2點半開始，所以要不要搭稍微早一點的電車去呢？

M： 早一班的電車是1點半喔！那麼，搭公車如何呢？

F： 公車的話1點40分有一班，可是公車站離音樂會會場走路的話很遠。

M： 那樣啊。計程車差不多只要花20分鐘，可是要花3000日圓左右喔。

F： 那麼，還是搭電車吧。

答案：4

6ばん ▶MP3-54

男の人と女の人が話をしています。女の人はどんな薬をいくつ飲みますか。

F： あー、お腹がいっぱいですね。

M： これ、薬です。すぐ飲んでくださいね。

F： はい。この薬、ご飯を食べてから、飲むんですよね。

M： この赤い薬はご飯の後に2つ飲んで、この白いのは食事の前に1つ飲んでくださいね。

F： はい、じゃ、この青いのは？

M： それは、一日に4回飲んでください。朝、昼、晩、ご飯を食べた後と夜寝る前に1つずつ飲んでくださいね。

翻譯

第6題

男人跟女人正在對話。女人要吃什麼藥,各幾顆呢?

F： 啊!肚子好脹喔!

M： 這個,是藥。請趕快服用喔。

F： 好的。這個藥,是吃完飯後再吃是嗎?

M： 這個紅色的藥請在飯後吃2顆,這個白色的請在飯前吃1顆喔!

F： 好的,那麼,這個藍色的呢?

M： 那個啊,一天請服用4次。早、中、晚飯後及睡前各服用1顆喔。

答案：2

7ばん ▶MP3-55

デパートで男_{おとこ}の人_{ひと}と女_{おんな}の人_{ひと}が話_{はなし}をしています。二人_{ふたり}はこの後_{あと}どこへ行_いきますか。

M： あー、疲_{つか}れたね。ちょっと休_{やす}みませんか？

F： そうだね。のども乾_{かわ}いたね。じゃ、地下一階_{ちかいっかい}の喫茶店_{きっさてん}に入_{はい}りませんか。

M： 私_{わたし}はお腹_{なか}もすいているから、3階_{かい}のレストランがいいなあ。あそこの

　　カレー、おいしいんだよ。

F： レストランは5階_{ごかい}の本屋_{ほんや}の隣_{となり}にもあるよ。

M： じゃ、そこがいいね。あとで本_{ほん}を買_かいたいから。

翻譯

第7題

百貨公司裡，男人跟女人正在對話。兩個人之後要去哪裡呢？

M： 啊～，好累啊！要不要休息一下呢？

F： 也是啊。口也渴了呢。那麼，要不要去地下1樓的咖啡廳呢？

M： 我肚子也餓了，所以去3樓餐廳比較好啊！那邊的咖哩，很好吃喔！

F： 餐廳的話，5樓的書店隔壁也有喔。

M： 那麼，那裡好耶！因為之後想買書。

答案：3

問題 2

8ばん ▶MP3-56

先生と学生が話をしています。今日は何ページからですか。

M： じゃ、１４９ページを見てください。

F： 先生、そこは先週もう勉強しましたよ。

M： そうですか。

F： でも、その前の2ページは来週勉強すると言って、まだ勉強していません。

M： 分かりました。じゃ、今日はそこから始めましょう。

1. １４９ページ　　　　　　　　2. １５１ページ
3. １５２ページ　　　　　　　　4. <u>１４７ページ</u>

翻譯

第8題

老師跟學生正在對話。今天從哪一頁開始呢？

M： 那麼，請看第149頁。

F： 老師，那裡上星期已經上過了喔。

M： 是嗎？

F： 不過，有說那之前的2頁要下個星期上，所以還沒有上。

M： 我知道了。那麼，今天就從那裡開始上吧。

1. 149頁　　　　2. 151頁　　　　3. 152頁　　　　4. <u>147頁</u>

答案：4

9ばん ▶MP3-57

男の人と先生が話をしています。明日レポートはどこに出しますか。

F： レポートは明日の5時までですから、忘れないでくださいね。事務所にある私の引き出しの中に入れておいてください。今日、出すことができる人は、今直接私にください。

M： 先生、明日の5時まで出すことができない人は、明後日でもいいですか。

F： うーん、でも、明後日から、私は2、3日休みを取りますから……。

M： じゃ、Emailで送ってもいいですか。

F： それは、いけません。では、来週の授業の時、私が来る前に、この机の上に置いておいてください。

翻譯

第9題

男人正與老師對話。明天報告要交到哪裡呢？

F： 報告繳交到明天下午5點為止，所以請不要忘記喔。請放進辦公室我的抽屜裡。今天能繳交的人，請現在直接給我。

M： 老師，明天5點為止交不出來的人，後天也可以嗎？

F： 嗯～，但是，從後天開始，因為我會請2、3天假……。

M： 那麼，可以用電子郵件寄送嗎？

F： 那可不行。那麼，下週上課的時候，在我來之前，請先放在這個桌上。

答案：1

10ばん ▶MP3-58

男の人と女の人が話をしています。女の人はどうして食べませんか。

M： あれ？もう12時ですよ。お弁当は？

F： かばんの中に入っているけど。

M： じゃ、お昼休みは会議ですか。

F： 会議は午後からですが、母の調子が悪くて、これから母を病院に連れて行くんです。

M： そうですか。大変ですね。

1. お弁当を持ってくるのを忘れましたから。

2. 会議がありますから。

3. 体の調子が悪いですから。

4. 病院にお母さんを連れて行かなければなりませんから。

翻譯

第10題

男人跟女人正在對話。女人為什麼不吃呢？

M： 咦？已經12點了耶。便當呢？

F： 正放在包包裡面……。

M： 那麼，是午休要開會嗎？

F： 會議是下午才開始，但是我媽媽身體不舒服，接下來要帶她去醫院。

M： 那樣啊。辛苦了。

1. 因為忘記帶便當。

2. 因為有會議。

3. 因為身體不舒服。

4. 因為必須要帶媽媽去醫院。

答案：4

11ばん ▶MP3-59

男の人と女の人が話をしています。男の人はどうやって電車の駅まで行きますか。

M： 駅までは、近いですよね。歩いて10分ぐらいですか。

F： 10分では無理ですよ。ここからは３０分ぐらいかかりますよ。

M： じゃ、バスはありますか。

F： ありますよ。ちょうど駅の前に着きますから、便利ですよ。

M： よかった。私の電車の時間は１時半ですから、ええっと、次のバスは何時ですか。

F： 今日は週末ですから、バスが少ないんですが…、あっ、午後はありませんね。

M： ええー、本当ですか。じゃ、タクシーは？

F： ここからはタクシー、高いですよ。5000円ぐらいかかりますよ。

M： じゃ、いいです。お金はありませんが、時間はありますから、頑張って行きます。

翻譯

第11題

男人跟女人正在對話。男人要如何到車站呢？

M： 到車站，很近對吧。走路10分鐘左右嗎？

F： 10分鐘不可能啦。從這裡的話要花30分鐘左右喔。

M： 那麼，有公車嗎？

F： 有喔。會開到車站正前面，所以很方便喔。

M： 太好了。我的電車時間是1點半，嗯～，那下一班公車是幾點呢？

F： 因為今天是週末，所以公車很少……，啊，下午沒有耶。

M： 哇～，真的嗎？那計程車呢？

F： 從這裡搭計程車，很貴喔！要花5000日圓左右喔。

M： 那，就不用了。雖然沒有錢，但是有時間，努力走過去。

答案：3

12ばん ▶MP3-60

男の人と女の人が話をしています。二人はどの車を買いますか。

F： この車、素敵ですね。

M： 本当ですね。あっ、でも、ちょっと高いですね。

F： そうですね。じゃ、こっちは？

M： 悪くないですね。でも、白がいいですね。

F： じゃ、この白のはどうですか。

M： うちは家族が多いですから、これは小さいですね。

F： じゃ、これにしませんか。

M： そうですね。色はあまり好きじゃないけど、これにしましょう。

翻譯

第12題

男人和女人正在對話。二個人要買哪一輛車呢？

F： 這輛車，很棒喔。

M： 真的耶。啊，但是，有點貴呢。

F： 是啊。那麼，這輛呢？

M： 還不錯耶。但是，白色的比較好呢。

F： 那麼，這輛白色的如何呢？

M： 我們家族人多，這台很小耶。

F： 那麼，要不要選這個呢？

M： 真的耶。雖然不太喜歡它的顏色，但是就決定這輛了。

答案：4

13ばん ▶MP3-61

<ruby>男<rt>おとこ</rt></ruby>の<ruby>人<rt>ひと</rt></ruby>と<ruby>女<rt>おんな</rt></ruby>の<ruby>人<rt>ひと</rt></ruby>が<ruby>話<rt>はなし</rt></ruby>をしています。<ruby>女<rt>おんな</rt></ruby>の<ruby>人<rt>ひと</rt></ruby>のお<ruby>姉<rt>ねえ</rt></ruby>さんはどんな<ruby>人<rt>ひと</rt></ruby>ですか。

M：あれ？これは<ruby>先週<rt>せんしゅう</rt></ruby>のパーティーの<ruby>写真<rt>しゃしん</rt></ruby>ですか。

F：ええ、とても<ruby>楽<rt>たの</rt></ruby>しかったですよ。

M：そうですか。この<ruby>髪<rt>かみ</rt></ruby>が<ruby>長<rt>なが</rt></ruby>い<ruby>人<rt>ひと</rt></ruby>は、お<ruby>姉<rt>ねえ</rt></ruby>さんですか。

F：いいえ、それは<ruby>田中先生<rt>たなかせんせい</rt></ruby>ですよ。<ruby>姉<rt>あね</rt></ruby>は<ruby>眼鏡<rt>めがね</rt></ruby>をかけていませんよ。

M：じゃ、この<ruby>前髪<rt>まえがみ</rt></ruby>が<ruby>短<rt>みじか</rt></ruby>い<ruby>人<rt>ひと</rt></ruby>ですか。

F：そうですよ。

M：わあ、<ruby>綺麗<rt>きれい</rt></ruby>な<ruby>人<rt>ひと</rt></ruby>ですね。

翻譯

第13題

男人跟女人正在對話。女人的姊姊是怎麼樣的人呢？

M： 咦？這是上週派對的照片嗎？

F： 是的，非常開心喔。

M： 那樣啊。這個長頭髮的人是（妳）姊姊嗎？

F： 不是，那是田中老師喔。姊姊沒有戴眼鏡喔。

M： 那麼，是這個瀏海很短的人嗎？

F： 對啊。

M： 哇，長得好漂亮喔。

答案：1

問題 3

14ばん　▶MP3-62

<ruby>先生<rt>せんせい</rt></ruby>から<ruby>借<rt>か</rt></ruby>りた<ruby>ＣＤ<rt>シーティー</rt></ruby>を<ruby>失<rt>な</rt></ruby>くしました。<ruby>何<rt>なん</rt></ruby>と<ruby>言<rt>い</rt></ruby>いますか。

1. <ruby>失礼<rt>しつれい</rt></ruby>します。

2. すみませんでした。

3. ごめんください。

翻譯

第14題

把跟老師借的CD弄丟了。要說什麼呢？

1. 打擾了。

2. 非常抱歉。

3. 打擾了。

答案：2

15ばん ▶MP3-63

友達のコンピューターを使いたいです。何と言いますか。

1. すみません、借りてもいいですか。

2. すみません、借りてください。

3. すみません、使いませんか。

翻譯

第15題

想用朋友的電腦。要説什麼呢？

1. 不好意思，可以借我嗎？

2. 不好意思，請跟我借。

3. 不好意思，不用嗎？

答案：1

16ばん ▶MP3-64

仕事が終わって、家に帰ります。何と言いますか。

1. 皆さん、さようなら。
2. お先に失礼します。
3. 家に帰りましょうか。

翻譯

第16題

工作結束，要回家。要説什麼呢？

1. 大家，再會。

2. 先告辭了。

3. 回家吧。

答案：2

17ばん ▶MP3-65

昨日友達は学校を休みました。何と言いますか。

1. 昨日の休み、何をしましたか。
2. 昨日は、どうでしたか。
3. 昨日は、どうしましたか。

翻譯

第17題

昨天朋友請假沒來學校。要説什麼呢？

1. 昨天休假，做了什麼呢？
2. 昨天，如何呢？
3. 昨天，怎麼了呢？

答案：3

18ばん ▶MP3-66

もう食べたくないです。何と言いますか。

1. もう、結構です。
2. これは、あまり好きじゃありません。
3. 食べ物はもうないです。

翻譯

第18題

已經不想吃了。要説什麼呢？

1. 已經飽了。
2. 這個，我不太喜歡。
3. 已經沒食物了。

答案：1

問題 4

19ばん ▶MP3-67

このペン、ちょっと借りてもいいですか。

1. はい、どうぞ。
2. いいえ、借りないでください。
3. すぐに返しますね。

翻譯

第19題

這枝筆，可以跟你借一下嗎？

1. 好的，請。
2. 不行，請不要借。
3. 馬上還你喔。

答案：1

20ばん ▶MP3-68

明日からアメリカへ旅行に行きます。

1. お大事に。
2. 楽しみです。
3. 気をつけて。

翻譯

第20題

明天開始要去美國旅行。

1. （身體）請保重。

2. 期待喔。

3. 路上小心。

答案：3

21ばん ▶MP3-69

宿題<ruby>宿題<rt>しゅくだい</rt></ruby>は<ruby>明日<rt>あした</rt></ruby>までに<ruby>出<rt>だ</rt></ruby>さなければなりませんか。

1. はい、<ruby>明日<rt>あした</rt></ruby>までに<ruby>出<rt>だ</rt></ruby>してください。

2. いいえ、<ruby>出<rt>だ</rt></ruby>さなければなりません。

3. <ruby>早<rt>はや</rt></ruby>く<ruby>書<rt>か</rt></ruby>いてください。

翻譯

第21題

作業一定要在明天之前繳交嗎？

1. 是的，請在明天以前繳交。

2. 不行，不能不交。

3. 請快點寫。

答案：1

324

22ばん ▶MP3-70

スキーをしたことがありますか。

1. <ruby>今<rt>いま</rt></ruby>、ここにはありません。
2. すみません、まだ<ruby>使<rt>つか</rt></ruby>っています。
3. いいえ、ありません。

翻譯

第22題

有滑過雪嗎？

1. 現在，這裡沒有。
2. 抱歉，還在使用中。
3. 不，沒有。

答案：3

23ばん ▶MP3-71

これ、もう食べ^たませんか。

1. ありがとうございます。
2. はい、もう食べ^たません。
3. いいえ、もうお腹^{なか}がいっぱいです。

翻譯

第23題

這個，已經不吃了嗎？

1. 謝謝你。
2. 是的，已經不吃了。
3. 不，已經很飽了。

答案：2

24ばん　▶MP3-72

今日（きょう）、私（わたし）の本（ほん）、持（も）って来（き）た？

1. ごめん、明後日（あさって）まで貸（か）してもいい？
2. ごめん、明後日（あさって）まで借（か）りてもいい？
3. ごめん、明後日（あさって）まで返（かえ）してもいい？

翻譯

第24題

今天，我的書，帶來了嗎？

1. 抱歉，後天之前再借給你可以嗎？
2. 抱歉，可以借我到後天為止嗎？
3. （錯誤文法，無法翻譯。）

答案：2

日語學習系列 45

必考！新日檢N5全科擬真試題＋完全解析

作者｜本間岐理
責任編輯｜葉仲芸、王愿琦
校對｜本間岐理、葉仲芸、王愿琦

日語錄音｜本間岐理、大友惠亮
錄音室｜純粹錄音後製有限公司
封面設計、版型設計｜陳如琪
內文排版｜陳如琪
美術插畫｜KKDRAW

瑞蘭國際出版
董事長｜張暖彗・社長兼總編輯｜王愿琦
編輯部
副總編輯｜葉仲芸・副主編｜潘治婷・文字編輯｜林珊玉、鄧元婷
設計部主任｜余佳憓・美術編輯｜陳如琪
業務部
副理｜楊米琪・組長｜林湲洵・專員｜張毓庭

出版社｜瑞蘭國際有限公司・地址｜台北市大安區安和路一段104號7樓之一
電話｜(02)2700-4625・傳真｜(02)2700-4622・訂購專線｜(02)2700-4625
劃撥帳號｜19914152 瑞蘭國際有限公司
瑞蘭國際網路書城｜www.genki-japan.com.tw

法律顧問｜海灣國際法律事務所　呂錦峯律師

總經銷｜聯合發行股份有限公司・電話｜(02)2917-8022、2917-8042
傳真｜(02)2915-6275、2915-7212・印刷｜科億印刷股份有限公司
出版日期｜2019年12月初版1刷・定價｜350元・ISBN｜978-957-9138-46-8

瑞蘭國際